COLECȚIA RAO CLASIC

GABRIEL GARCÍA MÁRQUEZ

Cronica unei morți anunțate

GABRIEL GARCÍA MÁRQUEZ

Cronica unei morți anunțate

Traducere din limba spaniolă de
TUDORA ȘANDRU MEHEDINȚI

GABRIEL GARCÍA MÁRQUEZ
Crónica de una muerte anunciada

2014

Editura RAO
Str. Bârgăului, nr. 9-11, sector 1, București, România
www.raobooks.com
www.rao.ro

Descrierea CIP a Bibliotecii Naționale a României
GARCÍA MÁRQUEZ, GABRIEL
Cronica unei morți anunțate / Gabriel García Márquez; trad.: Tudora Șandru Mehedinți. - București: Editura RAO, 2014
ISBN 978-606-609-616-4

I. Șandru-Mehedinți, Tudora (trad.)

821.134.2(861)-31=135.1

Zborul iubirii te poartă spre culmi.

GIL VICENTE

În ziua în care avea să fie omorât, Santiago Nasar se sculă în zori la cinci și jumătate, pentru a aștepta vaporul cu care sosea episcopul. Visase că străbătea o pădure de ficuși uriași unde se cernea o burniță fină și, preț de o clipă, a fost fericit în vis, dar deșteptându-se se simți stropit de găinaț din cap până în picioare. „Întotdeauna visa copaci", îmi spuse Plácida Linero, maică-sa, evocând, douăzeci și șapte de ani mai târziu, amănuntele acelei zile nefericite de luni. „Cu o săptămână înainte visase că era singur într-un avion de staniol care zbura fără să se izbească printre migdali", îmi spuse. Avea o faimă temeinic câștigată de tălmăcitoare fără greș a viselor altora, dacă îi erau povestite pe inima goală, însă nu deslușise niciun semn rău în cele două vise ale fiului ei, și nici în celelalte, tot cu copaci, pe care el i le povestise în diminețile de dinaintea morții.

Nici Santiago Nasar nu luă visul ca pe o prevestire. Dormise puțin și prost, fără să-și mai scoată hainele, și se trezi cu durere de cap și cu un gust de cocleală în cerul gurii, pe care le-a pus, firește, pe seama chefului de la nunta ce se prelungise până după miezul nopții. Nenumăratele persoane întâlnite pe drum de când plecase de acasă la șase și cinci și până ce fusese înjunghiat ca un porc, un ceas mai târziu, și-l aduceau aminte puțin adormit, dar binedispus, spunându-le tuturor, ca din întâmplare, că era o zi minunată. Nimeni nu era sigur dacă nu cumva se referea la starea vremii. Mulți erau de aceeași părere, amintindu-și că era o dimineață strălucitoare, cu o briză dinspre mare ce adia printre plantațiile de bananieri, cum era de așteptat într-un februarie frumos din epoca aceea. Însă majoritatea susținea că era un timp funest, cu un cer tulbure și apăsător, cu un miros pătrunzător de apă stătută și că în clipa nenorocirii cădea o ploaie măruntă ca aceea văzută de Santiago Nasar în pădurea din vis. Eu încercam să-mi vin în fire după petrecerea de nuntă în poala divină a Mariei Alejandrina Cervantes, și abia dacă m-a trezit dangătul clopotelor sunând alarma, căci am crezut că băteau în onoarea episcopului.

Santiago Nasar își puse o pereche de pantaloni și o cămașă de in alb, ambele neapretate, la fel cu cele pe care le îmbrăcase cu o zi înainte la nuntă. Erau haine de sărbătoare. De n-ar fi fost din pricina sosirii episcopului, și-ar fi pus costumul kaki și cizmele de călărit cu care se ducea în fiecare luni la *Divinul Chip*, ferma moștenită de la tatăl lui și pe care o administra cu nespusă pricepere, deși fără prea mult succes. La pădure purta la brâu un Magnum 357, ale cărui gloanțe blindate, așa cum spunea el, puteau omorî un cal spintecându-l în două. În sezonul de potârnichi își lua și uneltele de vânătoare. Mai avea în dulap o pușcă Malincher Shönauer 30.06, una Holland Magnum 300, o Hornet 22 cu lunetă cu țeavă dublă și o carabină

Winchester cu repetiție. Întotdeauna dormea ca părintele lui, cu arma ascunsă în fața de pernă, dar în ziua aceea, înainte de a pleca de acasă, îi scosese gloanțele și o pusese în sertarul de la noptieră. „Niciodată n-o lăsa încărcată", îmi spuse maică-sa. Eu știam asta, și mai știam și că păstra armele într-un loc și ascundea muniția în altul, foarte depărtat, astfel ca nimeni să nu cedeze ispitei de a le încărca în casă. Era un obicei înțelept impus de către tatăl lui din dimineața aceea când o slujnică a scuturat perna ca să-i scoată fața și pistolul s-a descărcat izbindu-se de pardoseală, iar glonțul distruse dulapul din cameră, străbătu peretele salonului, țâșni cu un zgomot ca pe câmpul de luptă prin sufrageria casei vecine și făcu praf un sfânt de ghips în mărime naturală de pe altarul cel mare al bisericii, în celălalt capăt al pieței. Santiago Nasar, pe atunci copil mic, n-a uitat în veci incidentul acela care i-a fost învățătură de minte.

Ultima imagine pe care maică-sa o păstra despre el a fost trecerea-i grăbită prin dormitor. O trezise când se străduia să găsească pe dibuite o aspirină în dulăpiorul cu medicamente din baie, și ea a aprins lumina și l-a văzut ivindu-se în prag cu paharul de apă în mână, cum avea să și-l amintească pentru totdeauna. Santiago Nasar i-a povestit atunci visul, dar ea n-a luat aminte la copaci.

– Toate visele cu păsări înseamnă sănătate de fier, zise.

Îl văzuse din același hamac și din aceeași poziție în care am găsit-o eu, vlăguită în ultimele tresăriri ale bătrâneții, când m-am întors în satul acela uitat, încercând să recompun din atâtea cioburi împrăștiate oglinda spartă a memoriei. Abia dacă mai deslușea formele în plină lumină și avea frunze tămăduitoare la tâmple împotriva durerii de cap eterne pe care i-o lăsase fiul ei trecând ultima oară prin dormitor. Stătea pe o parte, ținându-se de sforile de la capul hamacului pentru a încerca să se ridice, și în penumbră stăruia mirosul de cristelniță, același care mă descumpănise și în dimineața crimei.

Abia am apărut în pragul ușii, că m-a și confundat cu amintirea lui Santiago Nasar. „Stătea acolo, îmi zise. Avea costumul de in alb spălat doar cu apă, pentru că avea pielea atât de gingașă că nu suporta foșnetul apretului.“ A rămas un lung răstimp în hamac, mestecând semințe de cardamon, până când i s-a destrămat iluzia că i se întorsese feciorul. Atunci suspină: „A fost bărbatul vieții mele“.

Eu l-am văzut în memoria ei. Împlinise douăzeci și unu de ani în ultima săptămână a lui ianuarie, era zvelt și palid și avea pleoapele arabe și părul cârlionțat al părintelui său. Era unicul copil al unei perechi căsătorite de conveniență, care n-a cunoscut nicio clipă de fericire, însă el părea fericit cu tatăl lui până acesta a murit subit, cu trei ani mai înainte, și a continuat să pară la fel cu mama-i singuratică, până în lunea morții lui. De la ea a moștenit instinctul. De la tatăl lui deprinsese din fragedă vârstă mânuirea armelor de foc, dragostea pentru cai și dresarea șoimilor de vânătoare, și tot de la el învățase și marile virtuți ale curajului și prudenței. Între ei vorbeau în arabă, dar nu și de fața cu Plácida Linero, ca să nu se simtă exclusă.

N-au fost văzuți niciodată în sat purtând vreo armă, și singura dată când și-au adus șoimii dresați a fost pentru o demonstrație la un târg de binefacere. Moartea tatălui l-a obligat să se lase de învățătură după terminarea școlii secundare, pentru a se ocupa de ferma familiei. Prin propriile merite, Santiago Nasar era vesel și pașnic, și avea inima bună.

În ziua în care avea să fie omorât, maică-sa crezu că el încurcase data, văzându-l îmbrăcat în alb. „I-am adus aminte că era luni", mi-a spus ea. Însă el o lămuri că se îmbrăcase în haine de sărbătoare pentru cazul în care ar avea prilejul să-i sărute inelul episcopului. Ea nu păru interesată defel.

– Nici măcar n-o să coboare de pe vapor, îi zise. O să schițeze o binecuvântare de obligație, ca întotdeauna, și o să plece cum a venit. Urăște satul ăsta.

Santiago Nasar știa că era adevărat, dar fastul bisericesc exercita asupră-i o fascinație irezistibilă. „E ca la cinema", îmi spusese odată. În schimb, tot ce o interesa pe maică-sa în legătură cu sosirea episcopului era ca pe feciorul ei să nu-l ude ploaia, căci îl auzise strănutând în timp ce dormea. Îl sfătui să-și ia o umbrelă, dar el îi făcu un semn de rămas-bun cu mâna și ieși din cameră. A fost ultima oară când l-a văzut.

Victoria Guzmán, bucătăreasa, era convinsă că nu plouase deloc în ziua aceea, și nici în toată luna februarie. „Dimpotrivă, îmi spuse când m-am dus s-o văd, cu puțin timp înainte de moartea ei. Soarele începea să dogorească mai devreme decât în august.“ Stătea și spinteca trei iepuri pentru masa de prânz, înconjurată de câinii care gâfâiau întruna, când Santiago Nasar intră în bucătărie. „Întotdeauna se deștepta tras la față, ca după o noapte proastă“, își amintea, fără urmă de afecțiune, Victoria Guzmán. Divina Flor, fata ei, care tocmai începea să înflorească, îi servi lui Santiago Nasar o ceașcă mare de cafea fără zahăr cu o picătură de rachiu de trestie, ca în fiecare luni, spre a-l ajuta să-și vină în fire după corvoada de peste noapte. Bucătăria imensă, cu șopotul focului și găinile adormite pe stinghii, avea un aer tainic. Santiago Nasar mai înghiți o aspirină și se așeză să bea cu sorbituri domoale ceașca de cafea, gândindu-se alene, fără a-și lua ochii de la cele două femei care scoteau măruntaiele iepurilor. În ciuda vârstei, Victoria Guzmán arăta neschimbată. Fata, încă puțin cam sălbatică, părea sufocată de năvala simțurilor ce i se trezeau. Santiago Nasar o prinse de încheietura mâinii când ea dădu să-i ia ceașca goală.

– Ți-a cam venit vremea să fii îmblânzită, îi zise.

Victoria Guzmán îi arătă cuțitul însângerat.

– Dă-i drumul, albule, îi porunci grav. Cât trăiesc eu, n-ai să te atingi de ea.

Fusese sedusă de Ibrahim Nasar în floarea adolescenței. Făcuse dragoste cu ea pe furiș ani în șir, prin grajdurile fermei, și o luase acasă ca slujnică atunci când patima i se stinse. Divina Flor, care era fiica unui soț mai recent, se știa hărăzită patului tainic al lui Santiago Nasar, și gândul acesta îi stârnea o neliniște prematură. „Nu s-a mai născut bărbat ca el“, îmi spuse, acum grasă și ofilită, înconjurată de copiii din alte legături de dragoste. „Era leit tatăl său", îi răspunse Victoria Guzmán. „Un nemernic". Însă nu și-a putut înfrâna o tresărire de spaimă amintindu-și oroarea lui Santiago Nasar când ea smulsese cu putere măruntaiele unui iepure și aruncase la câini mațele aburinde.

– Nu fi barbară, îi zise el. Închipuie-ți că ar fi o ființă omenească.

Victoria Guzmán avu nevoie de aproape douăzeci de ani ca să înțeleagă de ce un bărbat deprins să omoare animale neajutorate a simțit pe neașteptate asemenea oroare. „Sfinte Dumnezeule, a exclamat înspăimântată, deci toată povestea aceea a fost o prevestire!" Totuși, adunase în ea atâta furie până în dimineața crimei, încât continuă să îndoape câinii cu mațele de la ceilalți iepuri, numai pentru a-i strica lui Santiago Nasar gustarea. Așa stăteau lucrurile când întregul sat se trezi la urletul cutremurător al vaporului cu care sosea episcopul.

Casa era un fost depozit cu un singur etaj, cu pereții din scânduri negeluite și acoperiș de tablă în două ape, deasupra căruia se roteau vulturii pândind resturile din port. Fusese construit pe vremea când fluviul era atât de primitor, încât multe corăbii de pe mare și chiar câteva nave de cursă lungă se aventurau până aici, prin mlaștinile estuarului. Când a venit Ibrahim Nasar odată cu ultimii arabi, la sfârșitul războaielor civile, vasele de pe mare nu mai puteau ajunge acolo din pricina capriciilor fluviului, iar depozitul fusese părăsit. Ibrahim Nasar îl cumpără pe mai nimic pentru a deschide o prăvălie cu marfă de import pe care n-a deschis-o niciodată, și numai când era în prag de însurătoare l-a transformat în casă de locuit. La parter făcu un salon bun la toate, și în fundul curții construi un grajd pentru patru cai, odăile servitorilor și o bucătărie de vară cu ferestrele spre port, pe unde pătrundea veșnic mirosul pestilențial al apei. Singurul lucru pe care-l lăsă neatins a fost scara în spirală, salvată din cine știe ce naufragiu. La etaj, unde odinioară se aflau birourile vămii, făcu două dormitoare mari și cinci cămăruțe pentru puzderia de copii pe care se gândea să-i aibă și ridică un balcon de lemn deasupra migdalilor din piață, unde Plácida Linero se așeza în după-amiezile de martie să-și aline singurătatea. În față păstră doar poarta principală și mai făcu două ferestre mari, cu zăbrele strunjite. Păstră și poarta din spate, înălțând-o doar puțin pentru a putea trece călare și folosi în continuare o parte din vechiul chei. Aceasta a fost întotdeauna poarta cea mai întrebuințată, nu numai pentru că ducea direct la grajduri și la bucătărie, ci și fiindcă dădea în strada portului cel nou fără să mai fie nevoie să treci prin piață. Poarta din față, în afara ocaziilor sărbătorești, rămânea închisă și zăvorâtă. Cu toate acestea, acolo, și nu la poarta din spate, îl așteptau pe Santiago Nasar oamenii care aveau să-l omoare și pe acolo a ieșit el ca să-l întâmpine pe episcop, chiar dacă pentru a ajunge în port trebuia să înconjoare toată casa.

Nimeni nu putea înțelege atâtea coincidențe funeste. Judecătorul de instrucție venit de la Riohacha le-a întrezărit pesemne, fără a se încumeta să le admită, căci din dosar reieșea limpede interesul lui de a da o explicație rațională.

Poarta dinspre piață era pomenită de mai multe ori cu nume de roman-foileton: *Poarta fatală*. În realitate, singura explicație valabilă părea cea a Plácidei Linero, care răspunse la întrebare cu judecata-i de mamă: „Fiul meu nu ieșea niciodată pe poarta din spate îmbrăcat în haine de sărbătoare". Părea un adevăr atât de simplu, încât judecătorul l-a consemnat într-o notă marginală, dar fără să-l includă în rechizitoriu.

Victoria Guzmán, la rândul ei, a fost categorică, răspunzând că nici ea și nici fata ei nu știau că Santiago Nasar era așteptat ca să fie omorât. Dar cu trecerea anilor, a ajuns să recunoască faptul că amândouă știau ce se va întâmpla, atunci când el a intrat în bucătărie să-și bea cafeaua. Le-o spusese o femeie care trecuse după ora cinci să ceară puțin lapte de pomană, dezvăluindu-i, pe deasupra, și motivele, și locul unde îl așteptau. „Nu l-am prevenit fiindcă am crezut că erau vorbe în vânt spuse la beție", mi-a zis. Totuși, Divina Flor mi-a mărturisit, într-o vizită făcută mai târziu, după ce maică-sa murise, că aceasta nu-i spusese nimic lui Santiago

Nasar pentru că în străfundurile sufletului dorea să fie omorât. Cât despre ea, nu-l prevenise deoarece pe atunci nu era decât o copilă speriată, incapabilă să ia singură o hotărâre și se înspăimântase și mai tare când el o prinsese de încheietură cu o mână pe care o simțise înghețată și încremenită, ca o mână de mort.

Santiago Nasar străbătu cu pași mari casa cufundată în penumbră, însoțit de urletele triumfale ale vaporului episcopului. Divina Flor i-o luă înainte spre a-i deschide poarta, încercând să nu se lase ajunsă din urmă printre coliviile păsărilor adormite din sufragerie, printre mobilele de răchită și glastrele cu ferigi atârnate în salon, dar când trase zăvorul de la poartă, nu putu să se mai ferească de mâna ca o gheară de uliu răpitor. „Mi-a pus toată mâna între picioare, îmi spuse Divina Flor. Așa făcea mereu, ori de câte ori mă găsea singură prin ungherele casei, dar în ziua aceea n-am simțit frica dintotdeauna, ci o poftă îngrozitoare să plâng.“ Se dădu la o parte să-l lase să iasă și, prin poarta întredeschisă, văzu migdalii din piață, ninși de strălucirea zorilor, dar n-a avut curajul să mai vadă nimic altceva. „Atunci încetă urletul vaporului și cocoșii prinseră să cânte, îmi spuse. Era o larmă atât de mare, că nu puteai crede că erau atâția cocoși în sat, și m-am gândit că veneau alții pe vaporul episcopului." Tot ce a putut face pentru bărbatul care n-avea să fie în veci al ei a fost să lase poarta fără zăvorul tras, nesocotind porunca Plácidei Linero, pentru ca el să poată intra iar în casă în caz de urgență. Cineva care n-a fost identificat niciodată vârâse pe sub poartă un plic cu o hârtie prin care Santiago Nasar era înștiințat că îl așteptau să-l omoare și, pe deasupra, i se dezvăluiau locul și motivele, precum și alte amănunte foarte exacte ale celor puse la cale. Mesajul era pe jos când Santiago Nasar ieși din casă, dar el nu-l văzu, și nu-l văzu nici Divina Flor, și nu-l văzu nimeni mult timp după ce crima fusese săvârșită.

Bătuse de șase și felinarele erau încă aprinse. Pe crengile migdalilor și la câteva balcoane mai atârnau ghirlandele multicolore de la nuntă, s-ar fi putut crede că fuseseră puse de curând în cinstea episcopului. Dar piața pavată cu lespezi până la intrarea în biserică, unde se afla estrada muzicanților, părea un maidan cu sticle goale și tot felul de resturi de la petrecerea populară. Când Santiago Nasar ieși din casă, mai multă lume dădea fuga spre port, înnebunită de urletele vaporului.

Singurul local deschis pe atunci în piață era o lăptărie lângă biserică, unde stăteau cei doi oameni care îl așteptau pe Santiago Nasar ca să-l omoare. Clotilde Armenta, proprietara prăvăliei, a fost prima care l-a văzut în lumina zorilor și a avut impresia că era înveșmântat în poleială. „Părea deja o fantomă“, îmi spuse. Oamenii care aveau să-l omoare adormiseră pe scaune, strângând în poală cuțitele înfășurate în ziare și Clotilde Armenta își ținu respirația ca să nu-i trezească.

Erau gemeni: Pedro și Pablo Vicario. Aveau douăzeci și patru de ani și semănau atât de mult, încât anevoie puteau fi deosebiți: „Aveau căutătura încruntată, dar erau oameni de treabă“, glăsuia dosarul. Eu, care îi știam din școala primară, aș fi scris la fel. Mai purtau încă în dimineața aceea costumele de postav închise la culoare de la nuntă, prea groase și ceremonioase pentru Caraibi, și aveau aerul răvășit după atâtea ceasuri de necumpătare, dar își împliniseră datoria de a se bărbieri. Cu toate că nu încetaseră să bea din ajunul petrecerii, după trei zile nu se îmbătaseră încă, ci păreau niște lunatici treziți brusc. Adormiseră odată cu cele dintâi raze ale răsăritului, după aproape trei ceasuri de așteptare în prăvălia Clotildei Armenta, și acela era primul lor somn de sâmbătă încoace. Abia dacă se deșteptaseră la cel dintâi urlet al vaporului, dar instinctul i-a trezit de-a binelea când Santiago Nasar plecă de la el de acasă. Amândoi înșfăcară atunci sulul de ziare și Pedro Vicario dădu să se ridice.

– Pentru numele lui Dumnezeu, șopti Clotilde Armenta. Lăsați-o pe mai târziu, chiar de ar fi numai din respect față de domnul episcop.

„A fost o inspirație de la Sfântul Duh“, repeta ea adesea. Într-adevăr, fusese o idee providențială, dar cu putere trecătoare. Auzind-o, gemenii Vicario căzură pe gânduri, iar cel care se ridicase se așeză din nou. Amândoi îl urmăriră cu privirea pe Santiago Nasar când începu să traverseze piața. „Îl priveau mai curând cu milă", spunea Clotilde Armenta. Copilele de la școala de maici traversară piața în momentul acela, tropăind în dezordine în uniformele lor de orfane.

Plácida Linero a avut dreptate: episcopul nu coborî de pe vapor. În port era puzderie de lume în afară de autorități și de copiii de școală și pretutindeni se vedeau coșurile cu cocoși îndopați pe care i le aduceau ca plocon episcopului, fiindcă ciorba din creste de cocoși era mâncarea lui preferată. Pe chei zăceau atâtea stive de lemne, încât vaporul ar fi avut nevoie de cel puțin două ore ca să fie încărcat. Dar nu se opri. Apăru la cotitura fluviului, pufăind ca un balaur, și atunci fanfara începu să interpreteze imnul episcopului și cocoșii se puseră pe cântat în coșuri și-i stârniră pe toți ceilalți din sat.

Pe vremea aceea, legendarele vase cu zbaturi alimentate cu lemne erau pe cale de dispariție, și puținele care erau folosite încă nu mai aveau nici pianolă și nici cabine pentru luna de miere și abia dacă reușeau să navigheze împotriva curentului. Însă acesta era nou și avea două coșuri în loc de unul, cu steagul vopsit ca o banderolă de jur împrejur, iar roata cu palete de la pupă îi da un avânt de vas maritim. Pe puntea superioară, lângă cabina căpitanului, se afla episcopul în sutană albă cu alaiul său de spanioli: „Era o vreme de Crăciun“, a spus sora mea Margot. După părerea ei, șuieratul vaporului slobozise un șuvoi de aburi sub presiune când a trecut prin dreptul portului și i-a udat din cap până-n picioare pe cei care stăteau mai aproape de mal. A fost o iluzie efemeră: episcopul începu să facă semnul crucii în văzduh în fața mulțimii de pe chei și apoi continuă să-l facă din obișnuință, fără intenție rea și fără inspirație, până când vasul se pierdu din vedere și rămase numai larma stârnită de cocoși.

Santiago Nasar avea toate motivele să se simtă dezamăgit. Contribuise cu mai multe legături de lemne la solicitarea publică a părintelui Carmen

Amador și, pe deasupra, alesese el însuși cocoșii cu crestele cele mai apetisante. A fost însă o supărare de moment. Sora mea Margot, care se afla cu el pe chei, îl găsi foarte binedispus și cu mare chef să continue petrecerea, în ciuda faptului că aspirinele nu-i alinaseră deloc durerea. „Nu părea răcit și era cu gândul numai la cât costase nunta", îmi spuse. Cristo Bedoya, care era împreună cu ei, dezvălui cifre care-i sporiră uimirea. Petrecuse cu Santiago Nasar și cu mine până puțin înainte de patru, dar nu se dusese să doarmă la părinții lui, ci rămăsese la taifas în casa bunicilor. Acolo făcu rost de numeroase date care-i lipseau spre a socoti cheltuielile petrecerii. Calculă că fuseseră sacrificați patruzeci de curcani și unsprezece porci pentru oaspeți, și patru vițele pe care mirele a pus să le frigă pentru tot satul, în piața mare. Socoti că se consumaseră două sute cinci lăzi cu alcool de contrabandă și aproape două mii de sticle cu rom de trestie care fuseseră împărțite mulțimii. N-a existat niciun singur om, sărman sau bogat, care să nu fi luat parte în vreun fel la petrecerea cea mai zgomotoasă ce se văzuse vreodată în sat. Santiago Nasar visă cu voce tare.

– Așa va fi la nunta mea, spuse. N-o să vă ajungă toată viața ca s-o puteți povesti.

Sora mea simți cum se așterne o tăcere adâncă. Se gândi iar la norocul Florei Miguel care se bucura de atâtea în viață și, pe deasupra, îl va mai avea și pe Santiago Nasar la Crăciunul din anul acesta. „Mi-am dat seama dintr-odată că nu putea exista o partidă mai bună ca el, mi-a zis. Închipuie-ți: frumos, cuminte, cu avere proprie la douăzeci și unu de ani." Ea obișnuise să-l invite la noi acasă la micul dejun când aveam plăcinte cu manioc, iar mama le făcea chiar în dimineața aceea. Santiago Nasar acceptă cu entuziasm.

– Mă duc să-mi schimb hainele și te ajung din urmă, spuse, și-și dădu seama că își uitase ceasul pe noptieră. Cât e ora?

Era șase și douăzeci și cinci. Santiago Nasar îl luă de braț pe Cristo Bedoya și o porniră către piață.

– Într-un sfert de oră sunt la tine acasă, îi spuse surorii mele.

Ea stărui să meargă împreună imediat, pentru că micul dejun era gata. „Era ciudat că insista așa, îmi spuse Cristo Bedoya. Într-atât încât mi-a trecut prin cap uneori că Margot știa deja că aveau să-l omoare și voia să-l ascundă la voi acasă." Totuși, Santiago Nasar o convinse s-o ia înainte până ce el își punea hainele de călărit, fiindcă trebuia să se ducă devreme la *Divinul Chip* pentru a jugăni viței. Se despărți de ea cu același semn cu mâna cu care își luase rămas-bun de la maică-sa și se îndepărtă spre piață, ținându-l de braț pe Cristo Bedoya. A fost ultima oară când l-a văzut.

Mulți dintre cei care se aflau în port știau că Santiago Nasar avea să fie omorât. Don Lázaro Aponte, colonel de la academia militară, acum în rezervă, și primar de unsprezece ani, îi adresă un salut cu degetele. „Aveam motivele mele bine întemeiate să cred că nu mai era nicio primejdie pentru el", îmi zise. Nici părintele Carmen Amador nu se neliniști: „Când l-am văzut teafăr, am crezut că totul fusese o minciună", îmi zise. Nimeni nici măcar nu se întrebă dacă

Santiago Nasar fusese prevenit, pentru că tuturor li se păru imposibil să nu fie.

În realitate, sora mea Margot era una dintre puținele persoane care încă nu știau că aveau să-l omoare. „Dacă aș fi știut, l-aș fi luat acasă chiar de-ar fi trebuit să-l leg“, declară judecătorului. Era ciudat că n-o știa, dar era mult mai ciudat că nici mama n-o știa, căci ea le afla pe toate înaintea tuturor din casă, în ciuda faptului că de ani de zile nu mai ieșea pe stradă, nici măcar pentru a se duce la biserică. Eu prețuiam virtutea aceasta a ei de când am început să mă scol devreme pentru a merge la școală. O găseam așa cum era pe atunci, palidă și tăcută, măturând curtea cu o mătură de nuiele în lumina cenușie a răsăritului și, între două sorbituri de cafea, îmi povestea ce se mai întâmplase pe lume în timp ce noi dormeam. Părea că are niște fire de comunicare secretă cu ceilalți oameni din sat, mai ales cu cei de vârsta ei, și uneori ne surprindea cu vești anticipate pe care nu le-ar fi putut afla decât prin darul ghicitului.

În dimineața aceea, totuși n-a simțit adierea tragediei care se urzea din zori de la ora trei. Terminase de măturat curtea și, când sora mea Margot a plecat să-l întâmpine pe episcop, a lăsat-o măcinând manioc pentru plăcinte. „Se auzeau cocoșii", obișnuia să spună mama evocând ziua aceea. Însă niciodată n-a făcut legătura între larma din depărtare și sosirea episcopului, ci a socotit că erau cele de pe urmă răbufniri ale petrecerii de la nuntă.

Casa noastră era departe de piața mare, într-o pădure de manglieri pe malul fluviului. Sora mea Margot se dusese în port de-a lungul țărmului și lumea era prea înfierbântată de venirea episcopului ca să se mai ocupe de alte noutăți. Așezaseră bolnavii culcați în portaluri pentru a primi leacul Domnului, femeile ieșeau în fugă de prin curți cu curcani și purcei de lapte și tot felul de bunătăți, iar de pe malul celălalt soseau luntre împodobite cu flori. Însă după ce episcopul trecu fără să-și pună piciorul pe pământ, cealaltă noutate neluată în seamă izbucni, căpătând proporțiile unui scandal. Atunci sora mea Margot a aflat-o de-a fir a păr și în chip brutal: Angela Vicario, frumoasa fată care se cununase cu o zi în urmă, fusese adusă înapoi acasă la părinți, fiindcă mirele descoperi că nu era fecioară. „Am simțit că eu eram cea care avea să moară, mi-a spus sora mea. Dar oricât întorceau povestea și pe față, și pe dos, nimeni nu mă putea lămuri cum de bietul Santiago Nasar a ajuns până la urmă să fie amestecat într-o astfel de tărășenie." Tot ce se știa cu siguranță era că frații Angelei Vicario stăteau și-l așteptau ca să-l omoare.

Sora mea se întoarse acasă mușcându-și buzele ca să nu plângă. O găsi pe mama în sufragerie, cu rochia de sărbătoare cu flori albastre pe care și-o pusese pentru cazul că episcopul ar trece să ne dea binecuvântarea, cântând fadoul despre dragostea invizibilă în timp ce aranja masa. Sora mea observă că pusese un tacâm în plus.

– E pentru Santiago Nasar, îi zise mama. Am aflat că l-ai poftit la gustare.

– Ia-l de aici, spuse sora mea.

Atunci i-a povestit. „Dar a fost ca și cum ar fi știut-o deja, îmi spuse. S-a întâmplat ca întotdeauna, începi să-i povestești ceva și înainte de a ajunge la jumătate, ea știe cum se sfârșește." Vestea aceea cumplită era un mister de nedezlegat pentru mama. Lui Santiago Nasar îi puseseră numele acesta după numele ei și, în afară de faptul că îi era nașă de botez, mai era și rudă de sânge cu Pura Vicario, mama miresei aduse înapoi. Totuși nici n-apucase să asculte bine vestea, că își și pusese pantofii cu toc și mantila de mers la biserică pe care le mai folosea pe atunci numai pentru vizitele de condoleanțe. Tata, care auzise totul din pat, apăru în sufragerie în pijama și o întrebă îngrijorat unde se ducea.

– S-o previn pe cumătra Plácida, răspunse ea. Nu-i drept ca toată lumea să știe că o să-i omoare fiul și ea să fie singura care n-a aflat.

– Suntem tot atât de legați de ea ca și de familia Vicario, zise tata.

– Trebuie să fii întotdeauna de partea celui mort, a răspuns ea.

Ceilalți frați ai mei începuseră să iasă de prin camerele lor. Cei mai mici, atinși de suflul tragediei, izbucniră în plâns. Mama nu-i luă în seamă, pentru prima oară în viață, și nici nu-i dădu atenție bărbatului ei.

– Așteaptă să mă îmbrac, îi spuse el. Ea era însă în stradă. Fratele meu Jaime, care pe atunci n-avea decât șapte ani, era singurul îmbrăcat pentru școală.

– Însoțește-o tu, porunci tata.

Jaime dădu fuga după ea fără a ști ce se întâmplă și nici unde se duceau și i se agăță de mână. „Mergea vorbind singură“, îmi spuse Jaime. „Oameni ticăloși, spunea în șoaptă, fiare blestemate care nu-s în stare să facă nimic altceva decât să aducă nenorociri.“ Nici măcar nu-și dădea seama că ținea copilul de mână. „S-or fi gândit, pesemne, că înnebunisem, îmi spuse ea. Nu-mi amintesc decât că se auzea în depărtare zvon de lume multă, de parcă ar fi început iar petrecerea de nuntă, și că toată lumea fugea spre piață.“ Grăbi atunci pasul, cu fermitatea de care era capabilă când era în joc o viață, până când cineva care venea în goană din partea cealaltă se milostivi de rătăcirea ei.

– Nu te mai chinui atât, Luisa Santiaga, îi strigă ajungând în dreptul ei. L-au și omorât.

Bayardo San Román, bărbatul care aduse înapoi mireasa la părinți, venise pentru prima oară în august anul trecut: cu șase luni înainte de nuntă. Sosise cu vaporul care făcea curse în fiecare săptămână, ducând niște pungi cu garnituri de argint care se potriveau cu cataramele de la curea și cu inelele de la cizme. Mergea pe treizeci de ani, dar îi ascundea bine, căci avea un mijloc zvelt de toreador, ochii aurii și pielea ușor bronzată de focul silitrei. Purta o jachetă scurtă și o pereche de pantaloni foarte strâmți, ambele din piele de vițel, și niște mănuși de șevro de aceeași culoare. Magdalena Oliver venise cu același vapor și nu putuse să-și ia ochii de la el cât a fost călătoria de lungă. „Părea un poponar, mi-a spus. Și era mare păcat, fiindcă-ți venea parcă să-l ungi cu unt și să-l mănânci de viu." N-a fost singura care a gândit așa și nici ultima care să-și dea seama că Bayardo San Román nu era un bărbat pe care să-l cunoști la prima vedere.

Mama mi-a scris la liceu, la sfârșitul lui august, spunându-mi într-o notă la voia întâmplării: „A venit un bărbat tare ciudat". În scrisoarea următoare îmi spunea: „Bărbatul ciudat se numește Bayardo San Román și toată lumea zice că e plin de farmec, însă eu nu l-am văzut." Nimeni n-a aflat vreodată de ce a venit. Cuiva care n-a rezistat tentației de a-l întreba, cu puțin înainte de nuntă, i-a răspuns: „Mergeam din sat în sat căutându-mi nevastă." Se prea poate să fi fost adevărat, dar și să fi dat orice alt răspuns, fiindcă avea un fel de a vorbi prin care părea mai curând că se ascunde decât că se exprimă.

În seara sosirii a lăsat să se înțeleagă la cinematograf că era inginer feroviar și a vorbit de necesitatea urgentă de a se construi un drum de fier spre interiorul țării pentru a o lua înaintea transportului fluvial. A doua zi a trebuit să trimită o telegramă și a bătut-o el însuși la aparat, iar pe deasupra, l-a învățat pe telegrafist o formulă proprie de folosit mai departe bateriile uzate. Cu aceeași pricepere a vorbit despre bolile din zonele de frontieră cu un medic militar care a trecut pe la noi în lunile acelea, recrutând soldați. Îi plăceau petrecerile zgomotoase și care nu se mai sfârșeau, dar bea cu măsură, știa să-i potolească pe cei puși pe ceartă și era un dușman al jocurilor măsluite. Într-o duminică după slujbă i-a provocat la întrecere pe cei mai buni înotători, care nu erau deloc puțini, făcându-i de rușine pe primii, cu douăzeci de brațe și la dus, și la întors la traversarea fluviului. Mama mi-a povestit toate astea într-o scrisoare și la sfârșit mi-a făcut un comentariu de-al ei: „Pare-se că înoată și în aur“. Acesta era ecoul legendei timpurii care povestea că Bayardo San Román nu numai că era capabil să facă orice și s-o facă foarte bine, ci, în plus, mai și dispunea de mijloace inepuizabile.

Mama îi dădu binecuvântarea finală într-o scrisoare din octombrie. „Lumea îl îndrăgește mult, îmi spunea, fiindcă e cinstit și are suflet bun, iar duminica trecută a luat sfânta împărtășanie în genunchi și a ajutat la liturghie în latină.“ Pe vremea aceea nu era îngăduit să te împărtășești stând în picioare și slujba se ținea numai în latină, dar mama obișnuiește să facă acest fel de precizări inutile când vrea să ajungă în miezul lucrurilor. Totuși, după acest verdict de consacrare definitivă, mi-a mai scris încă două scrisori în care nu-mi mai spunea nimic de Bayardo San Román, nici măcar atunci când toată lumea aflase că voia să se însoare cu Angela Vicario. Numai după multă vreme de la nunta nefericită mi-a mărturisit că îl cunoscuse când era prea târziu ca să mai îndrepte scrisoarea din octombrie și că ochii lui de aur îi dăduseră fiori de spaimă.

– Mi s-a părut că-i dracul în persoană, îmi zicea, dar chiar tu mi-ai spus că astfel de lucruri nu se cuvin a fi scrise.

L-am cunoscut la puțin timp după ea, când am venit în vacanța de Crăciun și nu l-am găsit atât de ciudat cum se spunea. Mi s-a părut atrăgător, într-adevăr, însă foarte departe de viziunea idilică a Magdalenei Oliver. Mi s-a părut mai sobru decât îl arătau ștrengăriile sale și într-o veșnică încordare tainică, abia disimulată de virtuțile-i excesive. Dar mai cu seamă mi s-a părut un bărbat foarte trist. Pe atunci își făcuse publică logodna cu Angela Vicario.

Niciodată nu s-a aflat foarte exact cum s-au cunoscut. Proprietăreasa pensiunii de burlaci unde locuia Bayardo San Román povestea că acesta își făcea siesta într-un balansoar din salon, la sfârșitul lui septembrie, când Angela Vicario și maică-sa traversară piața cu două coșuri de flori artificiale. Bayardo San Román se trezi pe jumătate, le văzu pe cele două femei îmbrăcate în negru din cap până-n picioare, care păreau singurele ființe vii în toropeala de la ora două, și întrebă cine era tânăra. Proprietăreasa îi răspunse că era fata cea mai mică a femeii care o însoțea și că se numea Angela Vicario. Bayardo San Román le urmări cu privirea până în celălalt capăt al pieței.

– I se potrivește bine numele, zise.

Apoi își sprijini capul de spătarul balansoarului și închise iar ochii.

– Când mă trezesc, spuse, amintește-mi că o să mă căsătoresc cu ea.

Angela Vicario mi-a povestit că proprietăreasa pensiunii îi vorbise de acest episod înainte ca Bayardo San Román s-o ceară de nevastă. „M-am speriat îngrozitor", mi-a spus. Trei oameni care locuiau la pensiune adeveriră că lucrurile se petrecuseră întocmai, dar alți patru nu erau prea siguri. În schimb, toate versiunile coincideau în privința faptului că Angela Vicario și Bayardo San Román se văzuseră pentru prima oară la sărbătoarea națională din octombrie, la o chermesă de binefacere unde ea avea rolul să strige numerele câștigătoare. Bayardo San Román sosi la chermesă și se duse drept la standul unde se afla fata sfioasă, îmbrăcată în doliu de sus până jos, și o întrebă cât costa gramofonul cu incrustații de fildeș care era desigur atracția cea mare. Ea îi răspunse că nu era de vânzare, ci pentru tombolă.

– Ce bine, zise el, așa o să fie mai ușor și, pe deasupra, mai ieftin.

Ea îmi mărturisi că izbutise s-o impresioneze, dar din motive potrivnice iubirii. „Eu detestam bărbații trufași, și niciodată nu văzusem vreunul cu atâtea fumuri, îmi spuse evocând ziua aceea. În afară de asta, am crezut că era polonez." Supărarea i-a fost și mai mare când strigă numărul câștigător pentru gramofon, în culmea așteptării înfrigurate a tuturor, și într-adevăr îl câștigă Bayardo San Román. Nu putea să-și închipuie că el, numai pentru a o impresiona, cumpărase toate numerele tombolei.

În seara aceea, când s-a întors acasă, Angela Vicario a găsit acolo gramofonul, învelit în hârtie de cadouri și împodobit cu o fundă de organdi. „Niciodată n-am putut afla cum a știut că era ziua mea de naștere", mi-a spus. S-a străduit din greu să-și convingă părinții că nu-i dăduse niciun motiv lui Bayardo San Román pentru ca el să-i trimită un astfel de dar, și încă într-un mod atât de ostentativ, încât nu trecu neobservat în ochii nimănui. Așa încât frații ei mai mari, Pedro și Pablo, duseră gramofonul la pensiune, să-l dea înapoi celui care îl câștigase și o făcură cu atâta paradă, că n-a fost nimeni care să nu-i vadă ducându-l și apoi întorcându-se cu el. Singurul lucru de care nu ținu seama familia a fost farmecul irezistibil al lui Bayardo San Román. Gemenii nu apărură până a doua zi în zori, amețiți de băutură, aducând din nou gramofonul și aducându-l pe deasupra și pe Bayardo San Román ca să continue cheful acasă.

Angela Vicario era fata cea mai mică a unei familii nevoiașe. Tatăl ei, Poncio Vicario, era aurar pentru cei săraci și își pierduse vederea de atâta lucrătură meșterită în aur pentru a-și păstra cinstea casei. Purísima del Carmen, mama ei, fusese învățătoare până când se căsători pentru totdeauna. Înfățișarea ei blândă și puțin tristă ascundea cu desăvârșire dârzenia caracterului. „Părea o călugăriță“, își amintea Mercedes. Se dăruise cu atâta spirit de sacrificiu soțului și creșterii copiilor, că uneori ajungeai să uiți că mai exista și ea. Cele două fete mai mari se măritaseră foarte târziu. În afară de gemeni, mai avură o fată care murise de lingoare și după doi ani continuau să țină doliu, mai îngăduitor la ei în casă, dar strict în afara ei. Frații au fost crescuți să devină bărbați. Ele fuseseră educate să se mărite. Știau să brodeze la gherghef, să coasă la mașină, să facă dantelă cu iglița, să spele și să calce, să facă flori artificiale și dulciuri fantezi și să întocmească anunțuri de logodnă. Spre deosebire de fetele din vremea aceea, care nu prea păstrau cultul morții, toate patru erau măiestre în știința străveche de a veghea bolnavii, de a îmbărbăta muribunzii și de a înfășura în giulgiu morții. Singurul lucru pe care li-l reproșa mama era obiceiul de a-și peria părul înainte de culcare. „Fetelor, le spunea, nu vă pieptănați noaptea, că astfel cei plecați pe mare întârzie să se întoarcă.“ În afară de asta, socotea că nu există fete mai bine educate. „Sunt desăvârșite, o auzeam spunând adesea. Orice bărbat va fi fericit cu ele, fiindcă au fost crescute să îndure.“ Totuși, celor doi care se căsătoriseră cu fetele mai mari le-a fost greu să rupă cercul, pentru că veșnic mergeau împreună pretutindeni, organizau petreceri cu dans doar între femei și erau gata să găsească intenții ascunse în vorbele bărbaților.

Angela Vicario era cea mai frumoasă din toate patru, și mama spunea că se născuse ca marile regine din istorie cu cordonul buricului înfășurat în jurul gâtului. Însă aerul ei stângaci și faptul că era cam slabă de înger îi prevesteau un viitor nesigur. Eu o revedeam an după an, în vacanța de Crăciun, și de fiecare dată părea mai neajutorată la fereastra casei, unde se așeza după-amiaza să facă flori de pânză și să cânte valsuri de fată bătrână cu vecinele. „E slabă de-o bate vântul, îmi spunea Santiago Nasar, proasta de vară-ta." Pe neașteptate, cu puțin înainte de doliul după sora lor, am întâlnit-o pe stradă pentru prima oară, îmbrăcată ca femeie, cu părul buclat, și abia dacă mi-am putut crede ochilor că era ea. A fost însă o viziune efemeră: faptul că era sărmană cu duhul se agrava cu anii. Într-atât, încât atunci când s-a aflat că Bayardo San Román voia să se însoare cu ea, mulți s-au gândit că era un act de perfidie din partea unui străin.

Familia nu numai că a luat-o în serios, ci a făcut-o și cu mare bucurie. În afară de Pura

Vicario, care a pus condiția ca Bayardo San Román să-și dovedească identitatea. Până atunci nimeni nu știa cine este. Trecutul lui nu mergea mai departe de după-amiaza când coborâse de pe vapor cu hainele-i de artist, și era atât de rezervat în privința originii sale, că se puteau adeveri elucubrațiile cele mai nebunești. S-a ajuns să se spună că răsese de pe fața pământului sate întregi și răspândise groaza în Casanare, în fruntea trupei sale, că evadase din Cayenne, că fusese văzut în Pernambuco încercând să facă bani cu o pereche de urși dresați și că recuperase epava unui galion spaniol încărcat cu aur în Canalul Vânturilor. Bayardo San Román puse capăt atâtor presupuneri printr-un mijloc simplu: își aduse familia în păr.

Erau patru: tatăl, mama și două surori tulburătoare. Sosiră într-un Ford T cu număr oficial și cu un claxon ca o rață ce răscula străzile la unsprezece dimineața. Mama, Alberta Simonds, o mulatră voinică din Curazao, care vorbea spaniola încă împestrițată de *papiamento*, fusese proclamată în tinerețe cea mai frumoasă dintre primele două sute de fete cele mai frumoase din Antile. Surorile, abia înflorite, păreau două mânze fără astâmpăr. Dar atuul cel mare era tatăl: generalul Petronio San Román, erou al războaielor civile din secolul trecut și una din gloriile cele mai strălucite ale regimului conservator, întrucât îl pusese pe fugă pe colonelul Aureliano Buendía în dezastrul de la Tucurinca. Mama a fost singura care nu s-a dus să-l salute când a aflat cine era. „Mi-a părut foarte bine că se căsătoreau, îmi spuse. Dar asta era una și cu totul altceva, să dai mâna cu un om care a ordonat să fie împușcat pe la spate Gerineldo Márquez." Din clipa când se arătă la fereastra automobilului salutând cu pălăria-i albă, îl recunoscură cu toții după portretele-i faimoase. Purta un costum de doc de culoarea grâului copt, botine de cordovan cu șireturile petrecute, și un lornion cu ramă de aur prins cu clame la rădăcina nasului și susținut cu un lănțișor fixat la butoniera vestei. Avea la rever medalia Vitejiei și un baston cu stema națională sculptată pe mâner. A fost cel dintâi care se dădu jos din automobil, plin din creștet până-n tălpi de pulberea fierbinte a drumurilor noastre nenorocite și i-a fost de-ajuns să-și facă apariția pentru ca toată lumea să-și dea seama că Bayardo San Román avea să se însoare cu cine dorea.

Angela Vicario era însă cea care nu dorea să se mărite cu el. „Mi s-a părut prea bărbat pentru mine“, îmi spuse. Pe deasupra, Bayardo San Román nici măcar nu încercase s-o seducă pe ea, ci îi cuceri familia cu farmecul lui. Angela Vicario n-a uitat niciodată seara aceea de groază când părinții și surorile ei mai mari cu bărbații lor, adunați în salonul casei, au obligat-o să accepte să se mărite cu un bărbat pe care abia îl cunoscuse. Gemenii se ținură deoparte. „Ni s-a părut că erau treburi femeiești“, îmi spuse Pablo Vicario. Argumentul hotărâtor al părinților a fost că o familie care și-a purtat modestia cu demnitate n-avea dreptul să disprețuiască norocul scos în cale de soartă. Angela Vicario abia dacă se încumetă să insinueze că lipsa iubirii era un obstacol, că maică-sa îl și desființă doar cu câteva cuvinte:

– Și dragostea se învață.

Spre deosebire de logodnele din vremea aceea care erau lungi și supravegheate, a lor a ținut numai patru luni datorită grabei lui Bayardo San Román. N-a fost și mai scurtă fiindcă Pura Vicario i-a cerut insistent să aștepte până se termină cu doliul din familie. Însă timpul s-a scurs în liniște grație felului irezistibil în care Bayardo San Román aranja lucrurile. „Într-o seară m-a întrebat ce casă îmi place mai mult", mi-a povestit Angela Vicario. „Iar eu i-am răspuns că, neștiind ce avea de gând, cea mai frumoasă din sat era vila văduvului Xius." Și eu aș fi spus tot așa. Se afla pe o colină bătută de vânturi, și de pe terasă se vedea paradisul nemărginit al mlaștinilor acoperite cu anemone violete, și în zilele senine de vară se putea zări orizontul limpede al Mării Caraibilor și transatlanticele cu turiști de la Cartagena de Indias. Bayardo San Román se duse chiar în seara aceea la club și se așeză la masa văduvului Xius să joace o partidă de domino.

– Domnule, îi spuse, vă cumpăr casa.

– Nu-i de vânzare, răspunse văduvul.

– V-o cumpăr cu tot ce are în ea.

Văduvul Xius îl lămuri cu bunele maniere de odinioară că lucrurile din casă fuseseră cumpărate de soție într-o viață întreagă plină de sacrificii și că pentru el continuau să fie ca o parte din ea însăși. „Vorbea din tot sufletul, mi-a spus doctorul Dionisio Iguarán, care juca împreună cu ei. Eram încredințat că prefera să moară decât să vândă o casă unde fusese fericit vreme de peste treizeci de ani." Și Bayardo San Román îi înțelese motivele.

– Prea bine, zise. Atunci vindeți-mi casa goală.

Dar văduvul se ținu tare până la sfârșitul partidei. După trei seri, Bayardo San Román se întoarse pregătit mai bine la masa de domino.

– Domnule, începu iar. Cât costă casa?

– N-are preț.

– Spuneți-mi unul. Oricare.

– Îmi pare rău, Bayardo, zise văduvul, însă voi, tinerii, nu înțelegeți rațiunile inimii.

Bayardo San Román nu stătu nicio clipă pe gânduri.

– Să zicem cinci mii de pesos, spuse.

– Nu joci corect, îi răspunse văduvul cu demnitatea rănită. Casa asta nu face atât.

– Zece mii, îi spuse Bayardo San Román. Chiar acum, cu banii jos.

Văduvul îl privi cu ochii plini de lacrimi. „Plângea de furie, îmi spuse doctorul Dionisio Iguarán care, pe lângă medic, mai era și om de litere. „Închipuie-ți: o asemenea sumă la îndemână, și să fii nevoit să spui «nu» doar dintr-o slăbiciune sufletească." Văduvul Xius rămase fără grai, dar refuză fără șovăire, clătinând din cap.

– Atunci mai faceți-mi un ultim hatâr, spuse Bayardo San Román. Așteptați-mă aici cinci minute.

Într-adevăr, cinci minute mai târziu se întoarse la club cu pungile cu garnituri de argint și puse pe masă zece teancuri de hârtii de o mie având încă banderola imprimată de Banca Statului. Văduvul Xius a murit după două luni. „A murit din pricina asta, spunea doctorul Dionisio Iguarán. Era mai sănătos ca noi, dar când îl ascultai, simțeai cum îi clipocesc lacrimile în inimă." Pentru că nu numai că-i vânduse casa cu tot ce avea înăuntru, ci l-a mai și rugat pe Bayardo San Román să-i plătească încetul cu încetul, fiindcă nu-i rămânea niciun cufăr unde să pună atâta bănet.

Nimeni nu s-ar fi gândit și nici n-a spus nimeni vreodată că Angela Vicario n-ar fi fecioară. Nu i se mai cunoscuse niciun logodnic și crescuse împreună cu surorile ei, vegheată riguros de o mamă cu mână de fier. Chiar atunci când mai avea doar două luni până să se mărite, Pura Vicario nu-i îngădui să se ducă singură cu Bayardo San Román să vadă casa unde aveau să locuiască, ci o însoțise ea și tatăl orb ca să-i păzească cinstea. „Tot ce-l rugam pe Dumnezeu era să-mi dea curajul să mă omor, mi-a spus Angela Vicario. Dar nu mi l-a dat.“ Era atât de tulburată încât se hotărâse să-i mărturisească maică-sii adevărul spre a scăpa de chinul acela, dar singurele ei două confidente, care o ajutau să facă flori de pânză la fereastră, o determinară să se răzgândească. „Le-am ascultat orbește, mi-a spus, pentru că mă făcuseră să cred că erau experte în a duce de nas bărbații.“ O asigurară că aproape toate fetele își pierdeau fecioria în accidente din copilărie. Îi spuseră stăruitor că până și soții cei mai neînduplecați se resemnau la orice, cu condiția să nu afle nimeni. O încredințară, în sfârșit, că majoritatea bărbaților erau atât de speriați în noaptea nunții, că nu erau în stare să facă nimic fără ajutorul femeii, și la ceasul adevărului nu puteau răspunde de propriile lor acte. „Tot ce cred ei e ceea ce văd pe cearșaf", i-au spus. Astfel că o învățară tertipuri de moașă pentru a se preface că mai are încă ceea ce de fapt pierduse și pentru a putea etala în prima dimineață de femeie proaspăt măritată, desfăcut în plin soare în curtea casei, cearșaful de borangic cu pata cinstei.

Se căsători cu această iluzie. Bayardo San Román, la rândul lui, se însură pesemne cu iluzia de a cumpăra fericirea cu greutatea nemaipomenită a puterii și averii sale, căci pe măsură ce sporeau planurile legate de sărbătoare îi veneau în minte alte idei delirante, spre a-i da și mai multă strălucire. Încercă să amâne nunta cu o zi când se anunță vizita episcopului, pentru ca acesta să-i cunune, însă Angela Vicario se împotrivi. „Adevărul e, mi-a spus, că nu voiam să am binecuvântarea unui om care tăia numai creasta de la cocoși și arunca restul la gunoi." Totuși, chiar și fără binecuvântarea episcopului, sărbătoarea căpătă o forță proprie atât de greu de stăpânit, încât lui Bayardo San Román însuși îi scăpă din mâini și ajunse până la urmă un adevărat eveniment public.

Generalul Petronio San Román cu familia sosiră de data aceasta cu vaporul de ceremonie al Congresului Național, care rămase ancorat la chei până la sfârșitul petrecerii și odată cu ei a venit multă lume de vază care a trecut totuși neobservată în iureșul atâtor chipuri noi. Aduseră atâtea daruri, că a fost nevoie să fie restaurată clădirea părăsită a celei dintâi centrale electrice, pentru a le expune pe cele mai frumoase, iar restul fusese dus dintr-odată la fosta casă a văduvului Xius, gata pregătită să-i primească pe tinerii căsătoriți. Mirelui îi dăruiră un automobil decapotabil cu numele său gravat în caractere gotice sub emblema fabricii. Miresei îi dăruiră o trusă de tacâmuri de aur masiv pentru douăzeci și patru de invitați. Aduseră pe deasupra și o trupă de dansatori și două orchestre de valsuri ce nu se potriviră cu formațiile locale și cu nenumăratele *papayeras* și grupuri de acordeoniști care soseau întruna, atrase de larma petrecerii.

Familia Vicario locuia într-o casă modestă, cu ziduri de cărămidă și acoperiș din frunze de palmier, care avea în pod două încăperi unde în ianuarie rândunelele intrau să clocească. Avea în față o terasă plină aproape în întregime cu glastre de flori și o curte mare cu găini slobode și pomi fructiferi. În fundul curții, gemenii aveau o crescătorie de porci, cu piatra de sacrificare și masa de tranșat carnea, care s-a dovedit o sursă bună de venituri pentru familie de când pe Poncio Vicario l-a lăsat vederea. Afacerea fusese inițiată de Pedro Vicario, dar când acesta a plecat să-și facă serviciul militar, fratele lui a învățat și el meseria de parlagiu.

Interiorul casei abia dacă ajungea familiei să locuiască. Din pricina asta, cele două surori mai mari încercară să ia cu împrumut altă casă, când și-au dat seama de dimensiunile petrecerii. „Imaginează-ți, mi-a spus Angela Vicario, se gândiseră la casa Plácidei Linero, dar din fericire părinții noștri se împotriviră cu îndărătnicie, obsedați ca totdeauna de povestea că fetele se mărită în bordeiul nostru sau nu se mai mărită deloc." Așa că zugrăviră casa în galbenul ei original, îndreptară ușile și repararară podelele și o făcură, pe cât era cu putință, demnă de o nuntă atât de strălucită. Gemenii își duseră porcii în altă parte și dezinfectaseră crescătoria cu var nestins, dar chiar și așa s-a văzut că avea să lipsească spațiu. În cele din urmă, la insistența lui Bayardo San Román, doborâră gardul din curte, împrumutară pentru dans casele vecine și puseră mese de scânduri pentru ca lumea să poată sta jos și mânca la umbra tamarinzilor.

Singura spaimă neprevăzută o provocă mirele în dimineața nunții, căci veni după Angela Vicario cu o întârziere de două ceasuri, iar ea nu voise să-și îmbrace rochia de mireasă până nu-l vedea în casă. „Închipuie-ți, mi-a spus, ajunsesem chiar să mă bucur că nu mai sosește, dar n-aș fi suportat niciodată să mă lase baltă gata îmbrăcată." Prudența ei păru firească, deoarece nu exista o rușine mai mare pentru o fată decât să fie părăsită în rochie de mireasă. În schimb, faptul că Angela Vicario îndrăznise să-și pună vălul și cununa de lămâiță fără a fi fecioară avea să fie interpretat mai apoi ca o pângărire a simbolurilor neprihănirii. Mama a fost singura care a considerat un act de curaj faptul că și-a jucat cărțile măsluite până la sfârșit. „Pe vremea aceea, mi-a explicat, Dumnezeu înțelegea lucrurile astea." Dimpotrivă, nimeni încă n-a aflat cu ce cărți jucase Bayardo San Román. Din momentul în care apăru în sfârșit, cu redingotă și joben, și până a fugit din vâltoarea dansului cu făptura chinurilor sale, a întruchipat imaginea desăvârșită a mirelui fericit.

Și niciodată nu s-a aflat cu ce cărți jucase Santiago Nasar. Eu am stat cu el tot timpul la biserică și la petrecere, împreună cu Cristo Bedoya și cu fratele meu Luis Enrique, și niciunul dintre noi n-a observat nici cea mai mică schimbare în felul lui de a fi. Am fost nevoit să repet asta în multe rânduri, căci toți patru copilăriserăm laolaltă, la școală și apoi în aceeași bandă în vacanțe, și nimeni nu credea că vreunul dintre noi am putea avea un secret fără să ni-l împărtășim, și mai cu seamă un secret atât de mare.

Santiago Nasar era un bărbat petrecăreț și bucuria lui cea mare a trăit-o în ajunul morții, socotind cât costase nunta. Aprecie că în biserică puseseră ornamente florale de o valoare egală cu cea a paisprezece înmormântări de clasa întâi. Această precizie avea să mă urmărească ani în șir, fiindcă Santiago Nasar îmi spusese adesea că mirosul florilor în spații închise avea pentru el o legătură imediată cu moartea, și în ziua aceea mi-o repetă, îndată ce am intrat în biserică. „Nu vreau flori la înmormântarea mea“, îmi zise, fără să-i treacă prin minte că eu va trebui să mă ocup a doua zi să nu i se aducă flori. Pe drumul de la biserică la casa familiei Vicario făcu socoteala ghirlandelor multicolore cu care fuseseră împodobite străzile, calculă cheltuielile pentru muzică și focurile de artificii, și chiar și pentru ploaia de boabe de orez cu care am fost primiți la petrecere. În zăpușeala de la amiază, tinerii căsătoriți trecură pe la toate mesele din curte. Bayardo San Román se împrietenise la cataramă cu noi, ajungând camarad de pahar, cum se spunea pe atunci, și părea că se simte foarte la largul lui la masa noastră. Angela Vicario, fără vălul și cununa de mireasă și cu rochia de atlaz îmbibată de sudoare, căpătase pe neașteptate înfățișarea de femeie căsătorită. Santiago Nasar calcula, și i-o spuse lui Bayardo San Román, că nunta costase până în momentul acela cam nouă mii de pesos. A fost limpede că ea a luat-o drept o impertinență. „Mama mă învățase că niciodată nu se cade să vorbești de bani de față cu lume străină“, mi-a spus. Bayardo San Román, în schimb, a primit spusele acelea foarte binedispus și chiar cu o anume trufie.

– Cam așa, zise, dar suntem abia la început. La sfârșit va fi aproape de două ori pe atât.

Santiago Nasar și-a propus să verifice totul până la cel de pe urmă bănuț, și viața i-a lăsat tocmai timpul necesar s-o facă. Într-adevăr, cu ultimele cifre pe care Cristo Bedoya i le dădu a doua zi în port, cu patruzeci și cinci de minute înainte de a muri, constată că pronosticul lui Bayardo San Román fusese exact.

Eu nu păstram decât o amintire foarte confuză despre petrecere, înainte de a mă fi hotărât s-o recompun din crâmpeie din memoria celorlalți. Ani de-a rândul s-a vorbit la noi acasă că tata începuse să cânte iar la vioară ca în tinerețe în cinstea mirilor, că sora mea, călugărița, a dansat un *merengue* îmbrăcată în rasă și că doctorul Dionisio Iguarán, văr primar cu mama, reușise să plece cu vaporul oficial ca să nu fie aici a doua zi, când avea să sosească episcopul. În cursul cercetărilor pentru această cronică am adunat nenumărate fapte marginale, între care și amintirea de neșters a surorilor lui Bayardo San Román, ale căror rochii de catifea cu mari aripi de fluturi, prinse cu clame de aur pe umeri, atraseră privirile mai mult decât panașul și platoșa de medalii a părintelui lor. Mulți își aminteau că în vâltoarea petrecerii i-am propus lui Mercedes Barcha să se mărite cu mine, cu toate că abia terminase școala primară, așa cum ea însăși mi-a adus aminte când ne-am căsătorit, paisprezece ani mai târziu. Imaginea cea mai vie pe care am păstrat-o din acea duminică nedorită este cea a bătrânului Poncio Vicario, așezat singur pe un scăunel în mijlocul curții. Îl puseseră acolo poate cu gândul că era locul de onoare, și invitații se tot loveau de el, îl confundau cu altcineva, îl mutau mai încolo ca să nu-i deranjeze, iar el își clătina în toate părțile capul nins, cu o expresie rătăcită de om care orbise de foarte curând, răspunzând la întrebări ce nu erau pentru el și la scurte saluturi pe care nu i le adresa nimeni, fericit în cercul uitării lui, cu cămașa țeapănă de scrobeală și cu bastonul din lemn de *guayacán* pe care i-l cumpăraseră pentru sărbătoare.

Partea oficială s-a terminat la șase după-amiaza, când și-au luat rămas-bun invitații de onoare. Vaporul a ridicat ancora cu luminile aprinse, lăsând în urmă zvon de valsuri la pianolă și, preț de o clipă, am plutit în derivă peste un abis de incertitudini, până când ne-am recunoscut unii pe alții și ne-am cufundat în hățișul petrecerii.

Tinerii căsătoriți își făcură apariția puțin mai târziu, în automobilul decapotabil, croindu-și cu greu drumul prin tumultul acela. Bayardo San Román aprinse artificii, bău rachiu din sticlele pe care i le întindea mulțimea și se dădu jos din mașină cu Angela Vicario ca să se prindă în hora celor care jucau *cumbiamba*. În cele din urmă, ne porunci să dansăm mai departe pe cheltuiala lui, cât ne țineau puterile și-și duse soția îngrozită către casa visurilor lui, acolo unde văduvul Xius fusese atât de fericit.

Petrecerea se împrăștie în crâmpeie pe la miezul nopții și rămase deschisă doar prăvălia Clotildei Armenta, la marginea pieței. Santiago Nasar și cu mine, împreună cu fratele meu Luis Enrique și cu Cristo Bedoya, ne-am dus la casa preamilostivă ținută de María Alejandrina Cervantes. Se perindară pe acolo, între mulți alții, și frații Vicario și băură cu noi și cântară cu Santiago Nasar cu cinci ore înainte de a-l omorî. Mai stăruiau, pesemne, frânturi răzlețe ale petrecerii inițiale, căci de pretutindeni răzbăteau în rafale până la noi melodii și certuri îndepărtate și se tot auziră, mereu mai triste, cu foarte puțin înainte ca vaporul în care sosea episcopul să le acopere cu urletul său.

Pura Vicario i-a povestit mamei că se culcase pe la unsprezece noaptea, după ce fetele cele mari o ajutaseră să facă puțină ordine în prăpădul de după nuntă. Cam pe la zece, când mai rămăseseră câțiva bețivi cântând încă în curte, Angela Vicario trimisese pe cineva să-i aducă un geamantănaș cu lucruri personale care se afla în dulapul din dormitor, iar ea a vrut să-i dea și un geamantan cu haine de schimb, însă mesagerul era grăbit. Dormea dusă când se auziră bătăi în ușă. „Au fost trei bătăi foarte încet, i-a povestit mamei, dar aveau acel ceva ciudat ce prevestește o nenorocire.“ I-a povestit că deschisese ușa fără să aprindă lampa ca să nu trezească pe nimeni și l-a văzut pe Bayardo San Román în lumina felinarului din stradă, cu cămașa de mătase descheiată și pantalonii fantezi prinși cu bretele. „Avea culoarea aceea verde din vise“, i-a spus Pura Vicario mamei. Angela Vicario stătea în umbră, astfel încât n-a apucat s-o vadă decât atunci când Bayardo San Román o înșfăcă de braț și o trase la lumină. Avea rochia de atlaz făcută ferfeniță și era înfășurată până la talie într-un prosop. Pura Vicario crezu că se răsturnaseră cu mașina și zăceau morți în fundul prăpastiei.

– Maică Precistă! zise îngrozită. Răspundeți-mi dacă mai sunteți pe lumea asta!

Bayardo San Román nu intră, ci-și împinse ușurel soția înăuntru, fără un cuvânt. Apoi o sărută pe Pura Vicario pe obraz și-i vorbi cu un glas plin de amărăciune, dar cu nespusă duioșie:

– Mulțumesc pentru toate, mamă, îi spuse. Dumneata ești o sfântă.

Numai Pura Vicario a știut ce-a făcut în ceasurile următoare și s-a dus în mormânt cu taina ei. „Tot ce îmi amintesc e că mă ținea de păr cu o mână și mă lovea cu cealaltă cu atâta furie, încât am crezut că o să mă omoare“, mi-a povestit Angela Vicario. Dar până și asta a făcut-o atât de tainic, că bărbatul și fetele mai mari, care dormeau în celelalte camere, nu-și dădură seama de nimic până în zori, când dezastrul se sfârșise.

Gemenii se întoarseră acasă puțin înainte de trei, chemați în mare grabă de mama lor. O găsiră pe Angela Vicario zăcând cu fața în jos pe o canapea din sufragerie, cu chipul învinețit de lovituri, dar încetase să mai plângă. „Nu-mi mai era frică, mi-a spus. Dimpotrivă, mă simțeam ca și cum, în sfârșit, mi se luase de pe suflet o piatră de mormânt și nu doream decât să se termine totul cât mai repede ca să mă trântesc în pat să dorm." Pedro Vicario, cel mai hotărât dintre frați, o luă pe sus de mijloc și o așeză pe masa din sufragerie.

– Haide, fetițo, îi zise, tremurând de furie. Spune-ne cine a fost.

Ea abia dacă zăbovi cât a fost nevoie să rostească numele. Îl căută în negură, îl găsi de la bun început printre atâtea și atâtea nume ce se confundau de pe lumea aceasta și de pe cealaltă și-l înfipse în perete cu săgeata-i fără greș, ca pe un fluture a cărui soartă fusese hotărâtă dintotdeauna.

– Santiago Nasar, spuse.

Avocatul susținu teza omorului în legitimă apărare a onoarei, care a fost acceptată de tribunal, și gemenii declarară, la sfârșitul procesului, că ar fi făcut-o din nou, de mii de ori, din aceleași motive. Ei înșiși au fost cei care au întrevăzut argumentul apărării, din momentul în care s-au predat în fața bisericii, îndată după crimă. Năvăliră gâfâind în casa parohială, urmăriți îndeaproape de un grup de arabi înfierbântați, și puseră cuțitele cu lama curată pe masa părintelui Amador. Amândoi erau sfârșiți de chinul crunt al morții și aveau hainele și brațele ude și fața mânjită de sudoare și sânge încă proaspăt, însă parohul își amintea că predarea lor a fost un act de mare demnitate.

– L-am omorât cu bună știință, spuse Pedro Vicario, dar suntem nevinovați.

– Poate în fața lui Dumnezeu, spuse părintele Amador.

– În fața lui Dumnezeu și în fața oamenilor, răspunse Pablo Vicario. A fost o problemă de onoare.

Mai mult: la reconstituirea faptelor simulară o înverșunare mult mai necruțătoare decât fusese în realitate, până într-atât încât a fost nevoie să se repare din fondurile publice poarta principală a casei Plácidei Linero, făcută țăndări de atâtea lovituri de cuțit. La penitenciarul din Riohacha, unde au stat trei ani așteptând judecata, fiindcă nu aveau cu ce plăti cauțiunea de libertate condiționată, deținuții mai vechi își aminteau de ei datorită firii lor bune și spiritului de camaraderie, dar n-au observat niciodată vreun semn de căință. Cu toate acestea, se părea că frații Vicario n-au făcut de fapt nimic din ce se cuvenea pentru a-l omorî pe Santiago Nasar cât mai repede și în taină, ci au făcut imposibilul pentru ca cineva să-i împiedice să-l omoare, dar n-au izbutit.

Așa cum mi-au spus chiar ei mulți ani mai târziu, începuseră prin a-l căuta în casa Mariei Alejandrina Cervantes, unde rămăseseră împreună cu el până la ora două. Amănuntul acesta, ca multe altele, n-a fost reținut în dosarul de instrucție. În realitate, Santiago Nasar nu mai era acolo în momentul în care gemenii spun că s-au dus să-l caute, deoarece plecaserăm să facem un tur de serenade pe străzi, însă oricum nu e sigur că s-ar fi dus cu adevărat după el. „Niciodată n-ar mai fi plecat ei de aici", mi-a spus María Alejandrina Cervantes și, cunoscând-o atât de bine, nu m-am îndoit în veci de vorbele ei. În schimb, s-au dus să-l aștepte la Clotilde Armenta, unde știau că avea să se perinde jumătate de sat, în afară de Santiago Nasar. „Era singurul local deschis", au declarat judecătorului de instrucție. „Mai curând sau mai târziu, trebuia să apară de undeva", mi-au spus ei, după ce au fost achitați. Însă toată lumea știa că poarta principală a casei Plácidei Linero rămânea ferecată pe dinăuntru, chiar și în timpul zilei, și că Santiago Nasar avea mereu la el cheile de la poarta din spate. Pe acolo a intrat, într-adevăr, întorcându-se acasă, în vreme ce gemenii Vicario îl așteptau de mai bine de un ceas în partea cealaltă și dacă apoi a ieșit pe poarta dinspre piață când s-a dus în întâmpinarea episcopului, a făcut-o dintr-un motiv atât de neprevăzut, că nici măcar judecătorul de instrucție n-a reușit să-l înțeleagă.

Niciodată nu s-a pomenit o moarte mai anunțată. După ce sora le-a dezvăluit numele, gemenii Vicario trecură pe la depozitul crescătoriei de porci unde își țineau uneltele de măcelărie și aleseră două cuțite, cele mai bune: unul de înjunghiat, lung de zece degete și lat de două și jumătate și altul de tăiat, lung de șapte și lat de un deget și jumătate. Le înfășurară într-o cârpă și se duseră să le ascută la târgul de carne, unde abia începeau să deschidă câteva tarabe. Cei dintâi clienți erau puțini, totuși douăzeci și două de persoane declarară că auziseră tot ce au vorbit ei și cu toții au avut impresia că au făcut-o numai și numai pentru a fi auziți. Faustino Santos, un măcelar prieten de-al lor, i-a văzut intrând la trei și douăzeci, când abia își deschisese taraba cu măruntaie, și n-a priceput ce căutau ei într-o zi de luni atât de devreme și pe deasupra îmbrăcați cu costumele de postav închise la culoare de la nuntă. Se obișnuise să-i vadă vinerea, dar puțin mai târziu și cu șorțurile de piele pe care și le puneau pentru tăiere. „Am crezut că erau atât de beți, mi-a spus Faustino Santos, că încurcaseră nu numai ora, ci și ziua." Le aduse aminte că era luni.

– Cine n-o știe, prostule, îi răspunse netulburat Pablo Vicario. Am venit doar ca să ne ascuțim cuțitele.

Le ascuțiră la tocilă, așa cum făceau totdeauna: Pedro ținând cele două cuțite și punându-le pe rând pe piatră, iar Pablo învârtind manivela. În acest timp stăteau de vorbă cu ceilalți măcelari despre nunta de pomină. Unii li s-au plâns că nu-și primiseră porția de tort, deși erau camarazi de breaslă, și ei le-au făgăduit că or să le-o aducă mai târziu. La sfârșit, făcură să șuiere cuțitele pe piatră, iar Pablo și l-a ridicat pe al său în lumină ca să-i sclipească lama de oțel.

– Ne ducem să-l omorâm pe Santiago Nasar, spuse.

Faima lor de oameni de treabă era atât de bine întemeiată, încât nimeni nu-i luă în seamă. „Ne-am gândit că erau aiureli de bețivani“, declarară mai mulți măcelari, la fel ca Victoria Guzmán și ca atâția alții care i-au văzut mai târziu. I-am întrebat odată pe măcelari dacă meseria lor nu scotea la iveală o anume predispoziție de a ucide o ființă omenească. Protestară: „Când sacrifici o vită, nu te încumeți s-o privești în ochi.“ Unul dintre ei mi-a mărturisit că nu putea să mănânce din carnea animalului căruia îi tăia gâtul. Altul mi-a spus că n-ar fi în stare să taie o vacă pe care o știa dinainte, și mai ales dacă a băut din laptele ei. Le-am reamintit că frații Vicario tăiau porcii pe care îi creșteau chiar ei și pe care îi știau atât de bine că îi deosebeau după nume. „E adevărat, îmi răspunse unul, dar luați seama că nu le puneau nume de oameni, ci de flori.“ Faustino Santos a fost singurul care a deslușit o licărire de adevăr în amenințarea lui Pablo Vicario și l-a întrebat în glumă de ce trebuiau să-l omoare tocmai pe Santiago Nasar, când erau atâția bogătani care meritau să moară înainte.

– Santiago Nasar știe el de ce, îi răspunse Pedro Vicario.

Faustino Santos mi-a povestit că rămăsese cu îndoiala în suflet și a vorbit cu un polițist care a venit puțin mai târziu să cumpere o livră de ficat pentru micul dejun al primarului. După cum stă scris în dosar, polițistul se numea Leandro Pornoy și a murit peste un an împuns de un taur în jugulară în timpul sărbătorilor patronale. Astfel încât n-am putut sta de vorbă niciodată cu el, însă Clotilde Armenta îmi confirmă că a fost prima persoană care a intrat la ea în prăvălie, când gemenii Vicario se așezaseră acolo în așteptare.

Clotilde Armenta tocmai își înlocuise bărbatul la tejghea. Așa făceau de obicei. Prăvălia vindea lapte în zori și alimente peste zi și de la șase seara se transforma în cârciumă. Clotilde Armenta deschidea la trei și jumătate dimineața. Bărbatul ei, don Rogelio de la Flor, om tare cumsecade, se ocupa de cârciumă până la ora închiderii. În noaptea aceea însă au fost atâția clienți rătăciți de la nuntă, încât se culcă după ora trei fără să mai închidă, iar Clotilde Armenta se sculase mai devreme ca în alte dăți, pentru că voia să termine de vândut laptele înainte de sosirea episcopului.

Frații Vicario intrară la patru și zece. La ora aceea nu se mai vindeau decât alimente, dar Clotilde Armenta le-a dat o sticlă de rachiu de trestie, nu numai pentru că ținea la ei, ci și fiindcă le era foarte recunoscătoare pentru bucata de tort de la nuntă pe care i-o trimiseseră. Băură toată sticla din două înghițituri prelungi, însă nu se mișcară din loc. „Erau ca de pe altă lume, mi-a spus Clotilde Armenta, și nu-și mai puteau veni în fire nici de-ar fi băut gaz." Își scoaseră apoi hainele de postav, le puseră cu mare grijă pe spătarul scaunelor și mai cerură o sticlă. Aveau cămașa pătată de sudoare uscată, iar barba crescută de o zi le dădea o înfățișare cruntă. Băură cea de-a doua sticlă mai încet, stând jos, privind stăruitor spre casa Plácidei Linero, de pe trotuarul de peste drum, unde ferestrele erau tot neluminate. Cea mai mare de la balcon era de la dormitorul lui Santiago Nasar. Pedro Vicario o întrebă pe Clotilde Armenta dacă văzuse lumină la fereastra aceea și ea îi răspunse că nu, dar interesul acesta i se păru tare ciudat.

– I s-a întâmplat ceva? întrebă.

– Nimic, îi răspunse Pedro Vicario. Atât doar, că îl căutăm ca să-l omorâm.

Răspunsul a fost atât de spontan, încât ei nu i-a venit să creadă că ar fi adevărat. Dar și-a dat seama că gemenii aveau două cuțite de parlagiu înfășurate în cârpe de bucătărie.

– Și se poate ști de ce vreți să-l omorâți atât de devreme? întrebă.

– Știe el de ce, răspunse Pedro Vicario.

Clotilde Armenta îi cercetă cu luare aminte. Îi cunoștea atât de bine, încât îi putea deosebi, mai ales după ce Pedro Vicario se întorsese din armată. „Păreau doi copii“, mi-a spus. Și chiar gândul acesta o sperie, căci întotdeauna a crezut că numai copiii sunt în stare de orice. Așa că se grăbi să termine de aranjat bidoanele cu lapte și se duse să-și trezească bărbatul pentru a-i povesti ce se întâmplă în prăvălie. Don Rogelio de la Flor o ascultă pe jumătate adormit.

– Nu fi proastă, îi spuse, ăștia nu omoară pe nimeni, și mai ales un bogătan.

Când Clotilde Armenta se întoarse în prăvălie, gemenii discutau cu polițistul Leandro Pornoy, care venise după lapte pentru primar. Nu auzi ce vorbeau, dar bănui că îi spuseseră ceva despre intenția lor, după felul în care acesta se uita la cuțite când a plecat.

Colonelul Lázaro Aponte se sculase cu puțin înainte de patru. Tocmai terminase cu bărbieritul când polițistul Leandro Pornoy îi dezvălui ce aveau de gând frații Vicario. Pusese capăt la atâtea certuri între prieteni cu o seară în urmă, că nu s-a mai grăbit și pentru asta. Se îmbrăcă în liniște, își făcu de mai multe ori lavaliera până îi ieși fără cusur și-și atârnă la gât scapularul Congregației Fecioarei Maria pentru a-l întâmpina pe episcop. Pe când își lua micul dejun, niște tocăniță de ficat cu felii de ceapă, nevastă-sa îi povesti foarte agitată că Bayardo San Román o adusese înapoi la părinți pe Angela Vicario, însă el n-o luă deloc așa de dramatic.

– Sfinte Dumnezeule! spuse în glumă, ce-o să creadă episcopul?

Totuși, înainte de a-și termina micul dejun, își aduse aminte de ceea ce tocmai îi spusese ordonanța, alătură cele două vești și descoperi imediat că se potriveau exact ca două piese dintr-un puzzle. O porni atunci spre piață pe strada portului nou, ale cărei case începeau să se însuflețească din pricina sosirii episcopului. „Îmi amintesc precis că era aproape cinci și se pornise ploaia“, îmi spuse colonelul Lázaro Aponte. Pe drum, trei oameni l-au oprit pentru a-i povesti în taină că frații Vicario îl așteptau pe Santiago Nasar ca să-l omoare, dar numai unul a știut să-i spună și unde se aflau.

I-a găsit în prăvălia Clotildei Armenta. „Când i-am văzut, m-am gândit că nu erau decât vorbe în vânt – mi-a spus cu logica-i particulară – fiindcă nu erau atât de beți cum credeam.“ Nici măcar nu-i întrebă despre intențiile lor, ci le luă cuțitele și-i trimise la culcare. Se purta cu ei cu aceeași mulțumire de sine cu care își liniștise soția îngrijorată.

– Ia gândiți-vă, le zise, ce o să spună episcopul dacă vă găsește în halul ăsta!

Ei plecară. Dar Clotilde Armenta a mai suferit o dezamăgire din pricina ușurătății primarului, căci socotea că trebuia să-i aresteze pe gemeni până se limpezesc lucrurile. Colonelul Aponte îi arătă cuțitele ca pe un argument definitiv.

– N-au acum cu ce să mai omoare pe nimeni, spuse.

– Nu-i vorba de asta, zise Clotilde Armenta, ci de a-i scăpa pe sărmanii băieți de cumplita obligație care îi copleșește.

Căci ea înțelesese totul. Avea certitudinea că frații Vicario nu erau atât de dornici să-și execute sentința, cât mai cu seamă să găsească pe cineva care să le facă hatârul de a-i împiedica. Dar colonelul Aponte avea conștiința împăcată.

– Nu e nimeni arestat doar din pricina unor bănuieli, zise. Acum trebuie să-l prevenim pe Santiago Nasar și cu asta s-a terminat.

Clotilde Armenta avea să-și aducă veșnic aminte că aspectul bondoc al colonelului Aponte îi dădea impresia unei anume amărăciuni, eu, în schimb, îl consideram un om fericit, deși puțin cam aiurit datorită practicării de unul singur a spiritismului învățat prin corespondență. Comportarea sa din acea zi de luni a fost dovada nedezmințită a ușurătății lui. Într-adevăr, nu-și mai aminti de Santiago Nasar până când nu-l văzu în port și atunci se felicită pentru că luase hotărârea potrivită.

Frații Vicario și-au mărturisit intenția la mai bine de douăsprezece persoane care veniseră să cumpere lapte și acestea o răspândiseră peste tot înainte de ora șase. Clotildei Armenta i se părea cu neputință să nu se fi aflat și în casa de peste drum. Credea că Santiago Nasar nu era acasă, deoarece n-a văzut lumina aprinsă la dormitor și a rugat pe cine a putut să-l prevină îndată ce l-ar vedea. I-a trimis vorbă chiar și părintelui Amador, prin novicea de serviciu care a venit să cumpere lapte pentru călugărițe. După ora patru, când văzu lumină în bucătăria din casa

Plácidei Linero, îi trimise un ultim mesaj urgent Victoriei Guzmán prin cerșetoarea care venea în fiecare zi să ceară lapte de pomană. Când vaporul episcopului a început să urle, aproape toată lumea se sculase ca să-l întâmpine. Erau puțini cei care nu știau că gemenii Vicario îl așteptau pe Santiago Nasar să-l omoare și, pe deasupra, lumea cunoștea de-a fir a păr și motivul.

Clotilde Armenta nu terminase încă de vândut tot laptele, când frații Vicario se întoarseră cu alte două cuțite înfășurate în ziare. Unul era de înjunghiat, cu o lamă ruginită și tare, lungă de douăsprezece degete și lată de trei și fusese făcut de Pedro Vicario dintr-o pânză de ferăstrău, într-o vreme când nu se vindeau cuțitele nemțești din cauza războiului. Celălalt era mai scurt, dar lat și încovoiat. Judecătorul de instrucție l-a desenat în dosar, poate pentru că nu l-a putut descrie și s-a hazardat să afirme că părea un iatagan în miniatură. Cu aceste cuțite s-a săvârșit crima și amândouă erau rudimentare și foarte uzate.

Faustino Santos n-a putut înțelege ce se întâmplase. „Veniră din nou să ascută cuțitele, îmi spuse, și strigară iar ca să audă toată lumea că se duceau să-i scoată mațele lui Santiago Nasar, astfel încât mi-am zis că făceau pe nebunii, mai ales fiindcă n-am luat aminte la cuțite și am crezut că erau tot aceleași." De data asta totuși, Clotilde Armenta și-a dat seama îndată ce i-a văzut că nu mai erau la fel de hotărâți ca înainte.

De fapt, avuseseră prima neînțelegere. Nu numai că erau mult mai diferiți pe dinăuntru decât păreau pe dinafară, dar în situații grele dovedeau firi cu totul opuse. Noi, prietenii lor, constataserăm acest lucru încă din școala primară. Pablo Vicario era mai mare cu șase minute decât fratele lui și a fost mai plin de imaginație și mai hotărât până în adolescență. Pedro Vicario mi s-a părut întotdeauna mai sentimental și tocmai de aceea mai autoritar. La douăzeci de ani se prezentară împreună să-și facă armata, dar Pablo Vicario a fost scutit fiind capul familiei. Pedro Vicario făcu cele unsprezece luni de serviciu militar în patrulele de ordine publică. Regimul de cazarmă, agravat de frica de moarte, i-a desăvârșit vocația de a conduce și obișnuința de a decide pentru fratele lui. Se întoarse cu o blenoragie cazonă care rezistă la metodele cele mai brutale ale medicinei militare și la injecțiile cu arsenic și spălăturile cu hipermanganat ale doctorului Dionisio Iguarán. Numai la închisoare izbutiră să-l vindece. Noi, prietenii lui, eram cu toții de părere că Pablo Vicario dovedi brusc o dependență ciudată de frate mai mic atunci când Pedro Vicario se întoarse cu un suflet înăsprit de armată și cu noul obicei de a-și ridica iute cămașa spre a arăta oricui voia să vadă cicatricea unei răni de glonț cu firele încă în ea în coasta stângă. Ajunse chiar să simtă un fel de fervoare față de blenoragia de bărbat adevărat pe care fratele său o afișa ca pe o decorație de război.

Pedro Vicario, după propria declarație, a fost cel care a luat hotărârea de a-l omorî pe Santiago Nasar, la început fratele lui nefăcând altceva decât să-l urmeze. Dar tot el a fost cel care a socotit că și-au îndeplinit obligația, când primarul i-a dezarmat, și atunci Pablo Vicario preluă comanda. Niciunul din ei nu menționă această divergență în declarație. Însă Pablo Vicario mi-a confirmat în mai multe rânduri că nu i-a fost ușor să-și convingă fratele cu privire la hotărârea definitivă. Poate n-a fost în realitate decât un val de panică, dar fapt este că Pablo Vicario a intrat singur în crescătoria de porci în căutarea celorlalte două cuțite, pe când fratele agoniza chinuindu-se la fiecare picătură să urineze sub tamarinzi. „Fratele meu n-a știut niciodată ce înseamnă asta, mi-a spus Pedro Vicario la unica noastră întrevedere. Parcă urinam sticlă pisată.“ Pablo Vicario l-a găsit strângând încă pomul în brațe când se întoarse cu cuțitele. „Durerea îl făcea să simtă o sudoare rece, îmi zise, și încercă să-mi spună să mă duc eu singur, deoarece el nu era în stare să omoare pe nimeni.“ Se așeză la una dintre mesele lungi de scânduri pe care le puseseră sub copaci pentru ospățul de nuntă și își dădu jos pantalonii până la genunchi. „A stat aproape o jumătate de oră schimbându-și bandajul cu care își înfășura socoteala“, îmi spuse Pablo Vicario. În realitate, n-a zăbovit decât zece minute, dar a fost ceva atât de anevoios și de enigmatic pentru Pedro Vicario, încât i s-a părut un nou tertip de-al fratelui său ca să tragă de timp până când se crăpa de ziuă. Așa că i-a pus cuțitul în mână și l-a luat aproape cu forța în căutarea cinstei pierdute a surorii lor.

– N-avem nicio scăpare, îi zise; e ca și cum s-ar fi și întâmplat.

Ieșiră pe poarta mare a crescătoriei cu cuțitele neînfășurate, urmăriți de larma câinilor de prin curți. Începea să se lumineze. „Nu ploua", își amintea Pablo Vicario. „Dimpotrivă, își amintea Pedro: bătea vântul dinspre mare și stelele puteau fi încă numărate pe degete." Vestea ajunsese pe atunci să se răspândească atât de mult, astfel încât Hortensia Baute deschise poarta chiar în clipa când treceau prin dreptul casei ei și a fost prima care l-a plâns pe Santiago Nasar. „Am crezut că-l și omorâseră, mi-a spus, căci am văzut cuțitele în lumina felinarului și mi s-a părut că picura sânge de pe ele." Una dintre puținele case de pe strada aceea pierdută care mai erau deschise era cea a Prudenciei Cotes, logodnica lui Pablo Vicario. Ori de câte ori gemenii treceau pe acolo la ora aceea, mai cu seamă vinerea, când se duceau la târg, intrau să bea cea dintâi cafea a zilei. Împinseră poarta din curte, urmați de câinii care îi recunoscuseră în penumbra zorilor și-o salutară pe mama Prudenciei Cotes în bucătărie. Cafeaua nu era încă gata.

– O lăsăm pe mai târziu, spuse Pablo Vicario, acum suntem grăbiți.

– Îmi închipui, băieții mei, spuse ea: onoarea nu așteaptă.

Dar oricum așteptară și atunci Pedro Vicario a fost cel care s-a gândit că fratele lui pierdea timpul dinadins. În vreme ce ei își beau cafeaua, Prudencia Cotes, în floarea adolescenței, intră în bucătărie cu un teanc de ziare vechi ca să întețească focul din vatră. „Știam ce aveau de gând, mi-a spus, și nu numai că eram de acord, dar nici nu m-aș fi măritat vreodată cu el dacă nu-și făcea bărbătește datoria.“ Înainte de a ieși din bucătărie, Pablo Vicario îi luă câteva ziare și le dădu fratelui să înfășoare în ele cuțitele. Prudencia Cotes stătu și așteptă în bucătărie până i-a văzut dispărând pe poarta din curte și a așteptat mai departe vreme de trei ani, fără o clipă de descurajare, până când Pablo Vicario a ieșit din închisoare și i-a devenit soț pentru toată viața.

– Aveți mare grijă, le spuse.

Astfel încât Clotilde Armenta avea dreptate când i se păru că gemenii nu mai erau atât de hotărâți ca înainte și le servi o sticlă de rachiu tare ca focul, cu speranța să-i dea gata. „În ziua aceea mi-am dat seama, îmi spuse, de cât de singure suntem pe lume noi, femeile!" Pedro Vicario o rugă să-i împrumute instrumentele de bărbierit ale bărbatului ei și ea îi aduse pămătuful, săpunul, oglinda portabilă și aparatul cu lamă nouă, însă el s-a ras cu cuțitul de înjunghiat. Clotilde Armenta socotea că aceasta a fost culmea bărbăției. „Părea un tip dur de prin filme", mi-a spus. Totuși el mi-a explicat mai târziu, și era adevărat, că la armată învățase să se radă cu briciul și niciodată n-a mai putut face altfel. La rândul lui, fratele se bărbieri mai modest cu aparatul împrumutat de la don Rogelio de la Flor. În cele din urmă își băură sticla în liniște, foarte încet, uitându-se cu aerul năuc al celor care n-au închis un ochi toată noaptea la fereastra cu lumina stinsă de la casa de peste drum, în vreme ce se tot perindau pretinși clienți cumpărând lapte de care n-aveau nevoie și întrebând de alimente inexistente, numai pentru a vedea dacă era adevărat că-l așteptau pe Santiago Nasar ca să-l omoare.

Frații Vicario n-aveau să mai vadă cum se aprinde lumina la fereastra aceea. Santiago Nasar intră la el acasă la patru și douăzeci, dar n-a trebuit să aprindă lampa ca să ajungă în camera lui pentru că becul de pe scară nu se stingea toată noaptea. Se trânti în pat pe întuneric, cu hainele pe el, căci nu mai avea decât un ceas de dormit, și așa l-a găsit Victoria Guzmán când a urcat să-l trezească pentru a se duce să-l întâmpine pe episcop. Stătuserăm împreună în casa Mariei Alejandrina Cervantes până după ora trei, chiar când ea a dat drumul muzicanților și a stins luminile din curtea unde se dansa, pentru ca mulatrele ei dătătoare de plăcere să se ducă la culcare singure să se odihnească. De trei zile și trei nopți lucrau fără răgaz, mai întâi ocupându-se în taină de invitații de onoare de la nuntă și apoi dezlănțuindu-se fără nicio stavilă cu noi, cei pe care petrecerea îi lăsase nesatisfăcuți. María Alejandrina Cervantes, despre care spuneam că avea să doarmă o singură dată, când o să moară, a fost femeia cea mai elegantă și cea mai drăgăstoasă pe care am cunoscut-o în viața mea și cea mai generoasă în pat, însă și cea mai severă. Se născuse și crescuse aici, și aici își ducea zilele, într-o casă cu ușile deschise cu mai multe camere de închiriat și o curte imensă de dans, cu lampioane cumpărate prin bazarele chinezești din Panamaribo. Ea a fost cea care a dat gata virginitatea generației mele. Ne-a învățat mult mai multe decât trebuia să știm, dar mai cu seamă ne-a învățat că nu-i pe lume loc mai trist decât un pat pustiu. Santiago Nasar și-a pierdut capul de cum a văzut-o prima oară. Eu i-am atras atenția: „Șoim ce la pasăre măiastră râvnești, multe primejdii ai să ocolești". Dar el nu m-a ascultat, fascinat de șuierele himerice ale

Mariei Alejandrina Cervantes. Ea a fost pasiunea lui nebună, cea care l-a învățat la cincisprezece ani ce înseamnă lacrimile, până când Ibrahim Nasar l-a alungat din patul ei cu lovituri de curea și l-a închis mai bine de un an la *Divinul Chip*. De atunci au rămas legați printr-o afecțiune profundă, însă fără tulburarea stârnită de iubire. Ea îl respecta într-atât, încât nu se mai culca cu nimeni dacă el era acolo. În acea ultimă vacanță, ne făcea vânt mai devreme, sub pretextul neverosimil că era obosită, dar lăsa ușa fără zăvorul tras și o lumină aprinsă pe coridor pentru ca eu să mă întorc în secret.

Santiago Nasar avea un talent aproape magic pentru deghizări, și distracția lui preferată era să schimbe identitatea mulatrelor. Scotocea prin dulapurile unora pentru a le travesti pe altele, astfel că, până la urmă, toate ajungeau să se simtă deosebite de ele însele și la fel cu cele care nu erau. Într-un rând, una dintre ele își văzu dublura în alta atât de limpede, că izbucni în plâns. „Am simțit că ieșisem din oglindă“, spuse. Dar în noaptea aceea, María Alejandrina Cervantes nu-i îngădui lui Santiago Nasar să se distreze pentru ultima oară punând în joc măiestria-i de magician care transformă totul și a făcut-o cu pretexte atât de ușuratice, că gustul amar al acestei amintiri îi schimbă viața. Așa încât am luat cu noi muzicanții să facem un tur de serenade și am continuat petrecerea pe socoteala noastră, în vreme ce gemenii Vicario îl așteptau pe Santiago Nasar ca să-l omoare. El a fost acela căruia i se năzări, aproape de ora patru, să ne urcăm pe colina văduvului Xius să le cântăm tinerilor căsătoriți.

Nu numai că le-am cântat pe sub ferestre, ci am și lansat artificii și petarde în grădină, dar n-am zărit niciun semn de viață în toată vila. Nu ne-a trecut prin cap că înăuntru nu era nimeni, mai ales fiindcă automobilul nou se afla în poartă, cu capota încă strânsă și cu panglicile de atlaz și buchetele de flori de lămâiță din parafină agățate în timpul petrecerii. Fratele meu Luis Enrique, care pe atunci cânta la ghitară ca un adevărat profesionist, improviză în cinstea mirilor un cântec plin de subînțelesuri despre căsătorie. Până în momentul acela nu plouase. Dimpotrivă, luna plutea în mijlocul cerului și văzduhul era diafan, iar în adâncul prăpastiei se vedea dâra de lumină de la flăcăraiele din cimitir. De partea cealaltă, se zăreau plantațiile de bananieri, albăstrii în văpaia lunii, mlaștinile triste și, la orizont, linia fosforescentă a Mării Caraibilor. Santiago Nasar arătă o lumină intermitentă în larg și ne spuse că era sufletul rătăcitor al unei corăbii cu negri care se scufundase cu o încărcătură de sclavi din Senegal în dreptul golfului cel mare de lângă Cartagena de Indias. Nu era cu putință să ne gândim că ar avea mustrări de conștiință, de altfel pe atunci nici nu știa că efemera viață conjugală a Angelei Vicario se sfârșise cu două ore înainte. Bayardo San Román o dusese acasă la părinți pe jos pentru ca zgomotul motorului să nu-i trădeze nenorocirea înainte de vreme și se afla din nou singur și cu luminile stinse în vila fericită a văduvului Xius.

Când am coborât de pe colină, fratele meu ne-a invitat să mâncăm pește prăjit în birturile din piață, dar Santiago Nasar s-a împotrivit, deoarece voia să doarmă un ceas până la sosirea episcopului. A plecat cu Cristo Bedoya de-a lungul fluviului, ocolind barăcile mizere care începeau să se lumineze în portul vechi și, înainte de a da colțul, ne-a făcut cu mâna un semn de rămas-bun. A fost ultima oară când l-am văzut.

Cristo Bedoya, cu care se înțelesese să se întâlnească mai târziu în port, se despărți de el la poarta din spate a casei. Câinii îl lătrau din obișnuință când îl simțeau intrând, dar el îi liniștea în penumbră zornăindu-și cheile. Victoria Guzmán stătea și păzea ibricul de cafea de pe foc când el trecu prin bucătărie.

– Albule, îl chemă, cafeaua e gata îndată.

Santiago Nasar i-a zis că o s-o bea mai târziu, și-i ceru s-o cheme pe Divina Flor ca să-i spună să-l trezească la cinci și jumătate și să-i aducă un costum întocmai ca acela pe care îl purta. Îndată ce el a urcat să se culce, Victoria Guzmán a primit mesajul Clotildei Armenta prin cerșetoare. La cinci și jumătate ascultă porunca să-l scoale, dar n-o trimise pe Divina

Flor, ci urcă ea însăși în dormitor cu costumul de in, căci nu pierdea nicio ocazie de a-și feri fata de ghearele boierului.

María Alejandrina Cervantes lăsase poarta casei fără zăvorul pus. M-am despărțit de fratele meu, am străbătut coridorul unde dormeau pisicile mulatrelor, claie peste grămadă printre lalele și am împins fără să bat ușa dormitorului. Luminile erau stinse, dar de cum am intrat, am simțit mirosul de femeie fierbinte și am văzut ochii de panteră trează strălucind în beznă, iar apoi n-am mai știut de mine până au început să bată clopotele.

Întorcându-se acasă, fratele meu a intrat în prăvălia Clotildei Armenta să cumpere țigări. Băuse atât de mult, încât amintirile acelei întâlniri au fost întotdeauna foarte confuze, dar n-a uitat în veci băutura mortală pe care i-o oferi Pedro Vicario. „Era tare ca focul", mi-a spus. Pablo Vicario, care începuse să ațipească, se deșteptă tresărind când îl auzi intrând și-i arătă cuțitul.

– Ne ducem să-l omorâm pe Santiago Nasar, îi spuse.

Fratele meu nu-și mai aducea aminte de nimic. „Însă chiar dacă mi-aș fi amintit, tot n-aș fi crezut, mi-a spus în repetate rânduri. Cui naiba îi putea trece prin cap că gemenii aveau să omoare pe cineva, mai ales cu un cuțit de tăiat porci!“ L-au întrebat apoi unde era Santiago Nasar, căci îi văzuseră împreună pe amândoi și fratele meu nu-și aminti nici de astă dată ce le-a răspuns. Dar Clotilde Armenta și frații Vicario rămaseră atât de uluiți de răspunsul lui, încât îl consemnară în dosarul de instrucție în declarații date separat. După spusele lor, fratele meu ar fi răspuns: „Santiago Nasar e mort“. Apoi făcu un semn de binecuvântare ca un episcop, se poticni de pragul ușii și ieși clătinându-se. În mijlocul pieței se întâlni cu părintele Amador. Se ducea în port în odăjdiile de liturghie urmat de un copil de cor care suna din clopoțel și de mai multe ajutoare care duceau altarul portativ pentru slujba în aer liber a episcopului. Văzându-i trecând, frații Vicario își făcură semnul crucii.

Clotilde Armenta îmi povesti că ei își pierduseră ultima speranță când parohul trecu prin fața casei sale fără să se oprească. „M-am gândit că nu primise mesajul de la mine“, mi-a spus. Totuși, după mulți ani, când trăia departe de lume în sinistrul sanatoriu de la Calafell, părintele Amador mi-a mărturisit că primise într-adevăr mesajul Clotildei Armenta și altele și mai urgente, în vreme ce se pregătea să se ducă în port. „Adevărul e că n-am știut ce să fac, mi-a spus. Primul lucru care mi-a venit în minte a fost că nu era de competența mea, ci a autorităţii locale, însă mai târziu m-am hotărât s-o previn în trecere pe Plácida Linero.“ Totuși, când a traversat piața, uitase cu desăvârșire de povestea asta. „Dumneata trebuie să mă înțelegi, îmi spuse, în ziua aceea nenorocită sosea episcopul.“ În momentul crimei se simți atât de disperat și atât de revoltat împotriva lui însuși, încât nu i-a trecut altceva prin cap decât să poruncească să se tragă clopotele ca pentru foc.

Fratele meu Luis Enrique intră în casă pe ușa de la bucătărie, pe care mama o lăsa descuiată pentru ca tata să nu ne audă când ne întorceam. Se duse la baie înainte de culcare, dar adormi așezat pe closet și când fratele meu Jaime se sculă să meargă la școală, îl găsi trântit cu fața în jos pe pardoseală, cântând în somn. Sora mea, călugărița, care nu s-a putut duce să-l întâmpine pe episcop fiindcă se îmbătase ca un căruțaș, n-a izbutit să-l trezească. „Bătea de cinci când m-am dus la baie“, mi-a spus. Mai târziu, când sora mea Margot intră să se spele ca să meargă în port, reuși cu mare greutate să-l ducă în camera lui. Din lumea viselor auzi, fără să se trezească, primele urlete ale vaporului cu episcopul. Apoi adormi adânc istovit de chef, până când sora mea, călugărița, dădu buzna în dormitor străduindu-se să-și pună rasa în mare grabă, și-l trezi cu țipătu-i de nebună:

– L-au omorât pe Santiago Nasar!

Rănile provocate de cuțite au fost doar începutul îngrozitoarei autopsii pe care părintele Carmen Amador s-a văzut obligat s-o facă în absența doctorului Dionisio Iguarán. „A fost ca și cum l-am fi ucis din nou după ce murise, îmi spuse fostul paroh în izolarea lui de la Calafell. Dar era ordinul primarului, și ordinele acelui sălbatic, oricât de prostești ar fi fost, trebuiau îndeplinite." Nu era chiar așa. În confuzia acelei zile de luni, absurde, colonelul Aporte avusese o convorbire telegrafică urgentă cu guvernatorul provinciei și acesta îl autorizase să ia măsurile preliminarii până trimiteau un judecător de instrucție. Primarul care fusese înainte ofițer de armată n-avea nicio experiență în materie de justiție, și era prea înfumurat ca să întrebe pe cineva în cunoștință de cauză de unde trebuia să înceapă. Primul lucru care l-a neliniștit a fost autopsia. Cristo Bedoya, student la medicină, reuși să fie scutit grație prieteniei sale strânse cu Santiago Nasar. Primarul s-a gândit că trupul putea fi păstrat la rece până la întoarcerea doctorului Dionisio Iguarán, dar nu găsi un frigider de mărimea unui om, și singurul potrivit din piață era stricat. Trupul fusese expus în public în mijlocul salonului, întins pe un pat îngust de fier până când îi făceau un sicriu de om bogat. Aduseseră toate ventilatoarele de prin dormitoare și altele din casele vecine, dar venise atâta lume dornică să-l vadă, încât a fost nevoie să se scoată afară mobilele și să se dea jos coliviile agățate și glastrele cu ferigi și chiar și așa căldura era de nesuportat. Pe deasupra, câinii întărâtați de mirosul morții sporeau vacarmul îngrozitor. Nu încetaseră să urle de când am intrat eu în casă, pe când Santiago Nasar agoniza încă în bucătărie și am găsit-o pe Divina Flor plângând în hohote și ținându-i la distanță cu un drug.

– Ajută-mă, îmi strigă, vor să-i mănânce măruntaiele.

Îi închiserăm în grajd punând lacăt. Puțin mai târziu, Plácida Linero porunci să fie duși într-un loc departe de casă până după înmormântare. Dar către prânz, nimeni nu știe cum, reușiră să scape și năvăliră înnebuniți în casă. Plácida Linero se pierdu cu firea pentru prima oară:

– Câini nenorociți! strigă. Omorâți-i!

Porunca a fost îndeplinită neîntârziat și casa se cufundă iar în liniște. Până atunci starea trupului nu pricinuise nicio temere. Fața rămăsese intactă, cu aceeași expresie pe care o avea când cânta, și Cristo Bedoya îi pusese la loc măruntaiele și-i înfășurase pântecele cu o fâșie de pânză. Totuși, către seară, din răni începu să curgă un lichid de culoarea siropului care atrase muștele și o pată vineție îi apăru deasupra gurii și se întinse foarte încet, precum umbra unui nor pe apă, până la rădăcina părului. Fața care întotdeauna a fost binevoitoare căpătă o expresie dușmănoasă, și maică-sa i-a acoperit-o cu o batistă. Colonelul Aponte a înțeles atunci că nu se mai putea aștepta și-i ordonă părintelui Amador să facă autopsia. „Ar fi fost mai rău să-l dezgropăm după o săptămână“, spuse. Parohul făcuse studii de medicină și chirurgie la Salamanca, dar intră la seminar fără să-și ia diploma și chiar și primarul știa că autopsia nu avea nicio valoare legală. Cu toate acestea, porunci ca ordinul să fie îndeplinit.

A fost un adevărat masacru, săvârșit în clădirea școlii cu ajutorul farmacistului care a făcut însemnările și al unui student din primul an de medicină aflat aici în vacanță. N-au avut la dispoziție decât câteva instrumente chirurgicale neînsemnate, iar în rest folosiră unelte improvizate. Totuși, făcând abstracție de ciopârțirea trupului, raportul părintelui Amador părea corect și judecătorul de instrucție îl puse în dosar ca piesă folositoare.

Șapte din nenumăratele răni erau mortale. Ficatul era aproape secționat de două perforații profunde pe partea anterioară. Avea patru incizii în stomac, una dintre ele atât de adâncă, încât trecuse dincolo, distrugându-i pancreasul. Avea alte șase perforații mai mici în colonul transversal și multiple răni în intestinul subțire. Singura rană de pe spinare, în dreptul celei de-a treia vertebre lombare, perforase rinichiul drept. Cavitatea abdominală era plină de cheaguri de sânge și din nămolul de conținut gastric și materii fecale se ivi o medalie de aur pe care Santiago Nasar o înghițise la vârsta de patru ani. Cavitatea toracică prezenta două perforații, una în cel de-al doilea spațiu intercostal drept, care îi atinsese plămânul, cealaltă foarte aproape de axila stângă. Mai avea apoi alte șase răni ușoare pe brațe și pe mâini și două tăieturi orizontale: una pe coapsa dreaptă și cealaltă pe mușchii abdomenului. Avea o împunsătură adâncă în palma mâinii drepte. Raportul spune: „Părea stigmatul lui Hristos răstignit". Masa encefalică era cu șaizeci de grame mai grea decât cea a unui englez normal, și părintele Amador consemnă în raport că Santiago Nasar avea o inteligență superioară și un viitor strălucit. Totuși, în nota finală semnala o hipertrofie a ficatului pe care o punea pe seama unei hepatite prost tratate. „Prin urmare, îmi spuse, nu mai avea oricum decât foarte puțini ani de trăit.“ Doctorul Dionisio Iguarán, care îl îngrijise într-adevăr pe Santiago Nasar de o hepatită la vârsta de doisprezece ani, își amintea revoltat de autopsia aceea. „Numai un popă putea fi atât de prost, îmi spuse. N-a fost niciodată chip să-l fac să priceapă că noi, cei de la tropice, avem ficatul mai mare decât spaniolii.“ Raportul se încheia cu concluzia că moartea se datora unei hemoragii puternice provocate de oricare dintre cele șapte răni grave.

Ne dădură înapoi un trup de nerecunoscut. Jumătate din craniu fusese distrusă de trepanație și chipul frumos al tânărului pe care moartea îl cruțase începuse să-și piardă identitatea. Pe deasupra, parohul extirpase măruntaiele spintecate, dar neștiind ce să facă, în cele din urmă, cu ele, schiță furios deasupra lor semnul binecuvântării și le aruncă în găleata de gunoi. Asta i-a dat gata pe ultimii curioși de la ferestrele școlii, studentul își pierdu cunoștința, iar colonelul Lazáro Aponte, care văzuse și provocase atâtea masacre de represiune, ajunse să fie și vegetarian pe lângă spiritist. Carcasa goală, umplută cu cârpe și var nestins și cusută grosolan cu sfoară de ambalat, era gata să se desfacă în bucăți atunci când l-am pus în sicriul de curând făcut, capitonat cu mătase. „M-am gândit că așa avea să se conserve mai multă vreme", îmi spuse părintele Amador. S-a întâmplat tocmai pe dos: am fost nevoiți să-l îngropăm în pripă în zori, fiindcă starea în care se afla se degradase într-atât, că nu mai era de suportat să fie ținut în casă.

Se anunța o zi de marți sumbră. N-am avut curajul să dorm singur la sfârșitul acestei zile copleșitoare, și am încercat poarta casei Mariei Alejandrina Cervantes, sperând să nu fie zăvorâtă. Lampioanele din copaci erau aprinse și în curtea unde se dansa erau mai multe focuri de lemne cu niște oale uriașe fumegânde, unde mulatrele își vopseau în negru hainele de petrecere. Am găsit-o pe María Alejandrina Cervantes trează ca întotdeauna în zori și goală cu desăvârșire, ca întotdeauna când în casă nu erau străini. Stătea turcește în patu-i de regină în fața unui platou fastuos plin cu bunătăți: costițe de vițel, o găină fiartă, spată de porc și o garnitură de banane și legume care ar fi ajuns pentru cinci persoane. A mânca fără măsură a fost mereu singurul ei fel de a plânge, și niciodată n-am văzut-o făcând așa ceva cu atâta tristețe. M-am culcat lângă ea, îmbrăcat, aproape fără să vorbesc, plângând și eu în felul meu. Mă gândeam la cruzimea destinului lui Santiago Nasar, care îl făcuse să plătească douăzeci de ani de fericire nu numai cu moartea, ci și cu sfârtecarea trupului, cu împrăștierea și nimicirea lui. Am visat că intra în cameră o femeie cu o copilă în brațe și că aceasta ronțăia pe nerăsuflate boabe de porumb care îi cădeau în sân pe jumătate mestecate. Femeia îmi spuse: „Așa ronțăie ea, pe apucate, când cu nepăsare, când cu furie". Pe neașteptate, am simțit degetele înfrigurate descheindu-mi nasturii de la cămașă, și am simțit mirosul primejdios al fiarei iubirii culcate pe spatele meu și am simțit că mă cufundam în desfătarea nisipurilor mișcătoare ale dragostei sale. Dar se opri brusc, tuși de undeva de foarte departe și se desprinse de mine.

– Nu pot, zise, miroși ca el.

Nu numai eu. Totul în ziua aceea continuă să miroasă a Santiago Nasar. Frații Vicario au simțit mirosul în pivnița unde îi închise primarul până îi dădea prin cap ce să facă de fapt cu ei. „Oricât mă frecam cu săpun și perie, nu puteam scăpa de miros“, îmi spuse Pedro Vicario. Nu dormiseră de trei nopți, dar nu puteau închide ochii, fiindcă îndată ce adormeau săvârșeau încă o dată crima. Acum, aproape de bătrânețe, încercând să-mi explice starea lui din ziua aceea nesfârșită, Pablo Vicario mi-a spus cu naturalețe: „Părea că eram treaz de două ori“. Cuvintele acestea m-au făcut să mă gândesc că tot ce a fost mai greu de îndurat pentru ei în pivniță trebuie să fi fost luciditatea.

Pivnița avea trei metri pe trei, o lucarnă foarte sus, cu zăbrele de fier, o latrină portabilă, un spălător cu ligheanul și cana respective și două paturi de cărămidă cu saltele de paie. Colonelul Aponte, din a cărui dispoziție se construise, spunea că n-a existat vreodată o închisoare mai primitoare. Fratele meu Luis Enrique era de aceeași părere, pentru că într-o noapte l-au închis din pricina unei încăierări între muzicanți și primarul s-a milostivit să îngăduie ca una dintre mulatre să-l însoțească. Poate că și frații Vicario au crezut la fel la opt dimineața, când s-au simțit la adăpost de arabi. În momentul acela îi reconforta mândria de a-și fi făcut datoria și singurul lucru care îi neliniștea era persistența mirosului. Cerură apă din belșug, săpun de casă și perie și-și spălară sângele de pe brațe și față, își spălară și cămășile, dar nu reușiră să închidă un ochi. Pedro Vicario mai ceru să i se aducă spălăturile și diureticele și un pansament steril ca să-și schimbe fașa și a reușit să urineze de două ori în cursul dimineții. Totuși, viața îi devenea atât de neîndurat pe măsură ce ziua înainta, încât mirosul trecu pe planul al doilea. La două după-amiaza, când zăpușeala părea că i-ar topi, Pedro Vicario era atât de obosit, că nu putea sta întins pe pat, însă tot oboseala îl împiedica și să stea în picioare. Durerea de la stinghie îi ajungea până la gât, nu mai putu urina și-l chinui certitudinea îngrozitoare că n-avea să mai doarmă în tot restul vieții. „Am stat treaz unsprezece luni“, mi-a spus, iar eu l-am cunoscut destul de bine pentru a-mi da seama că era adevărat. N-a putut mânca de prânz. La rândul lui, Pablo Vicario gustă câte ceva din tot ce i-au adus, și după un sfert de oră îl apucă o diaree pestilențială. La șase după-amiaza, pe când cadavrului lui Santiago Nasar i se făcea autopsia, primarul a fost chemat de urgență, întrucât Pedro Vicario era încredințat că fratele lui fusese otrăvit. „Curgea din mine apă, îmi spuse Pablo Vicario, și nu puteam să ne scoatem din cap ideea că era vorba de o ticăloșie a arabilor.“ Până atunci făcuse să dea pe dinafară de două ori latrina portabilă, iar gardianul de serviciu îl mai dusese de șase ori la closetul primăriei. Acolo a dat peste el colonelul Aponte, în closetul fără ușă, cu pușca gardianului țintindu-i tâmpla, scoțând din el apă fără să se oprească, încât s-au gândit că nu-i deloc lipsit de noimă să fie vorba de otrăvire. Dar au renunțat imediat la această ipoteză, când s-a dovedit că nu băuse decât apă și nu mâncase decât ceea ce le trimisese Pura Vicario.

Cu toate acestea, primarul a rămas atât de impresionat, încât i-a luat pe prizonieri la el acasă, cu o escortă specială, până când a venit judecătorul de instrucție și i-a transferat la penitenciarul din Riohacha.

Teama gemenilor corespundea stării de spirit a oamenilor. Nu era exclusă posibilitatea unor represalii din partea arabilor, însă nimeni, în afară de frații Vicario, nu se gândise la otravă. Se bănuia mai curând că așteptau căderea nopții ca să arunce benzină prin lucarnă și să le dea foc prizonierilor în pivniță. Dar era o bănuială neîntemeiată. Arabii alcătuiau o comunitate de imigranți pașnici, care se stabiliseră la începutul secolului prin satele din Caraibe, chiar și în cele mai îndepărtate și sărace și rămaseră acolo vânzând pânză colorată și mărunțișuri de iarmaroc. Erau uniți, harnici și catolici. Se căsătoreau între ei, importau grâu, creșteau miei prin ogradă și cultivau cimbru și vinete, iar singura lor patimă de nestăpânit era jocul de cărți. Cei mai în vârstă continuau să vorbească araba rustică pe care o aduseseră de pe meleagurile lor, și au păstrat-o intactă în familie, până la a doua generație, însă cei din a treia, cu excepția lui Santiago Nasar, își auzeau părinții vorbind în arabă și le răspundeau în spaniolă. Astfel încât nu era de conceput că s-au apucat să-și schimbe brusc spiritul pastoral pentru a răzbuna o moarte de care puteam fi vinovați cu toții. În schimb, nimeni nu s-a gândit la vreun fel de represalii din partea familiei Plácidei Linero, oameni de vază și războinici până și-au prăpădit averea, care au zămislit nu puțini bătăuși de cârciumă, la adăpostul faimei numelui lor.

Îngrijorat de zvonuri, colonelul Aponte se duse pe rând pe la toate familiile arabe și cel puțin de data asta trase o concluzie corectă. Îi găsi descumpăniți și triști, cu însemnele de doliu pe altare, iar unii plângeau în hohote trântiți pe jos, dar niciunul nu avea gânduri de răzbunare. Reacțiile dimineții apăruseră în focul crimei și chiar protagoniștii au recunoscut că în niciun caz n-ar fi mers mai departe de o bătaie. Mai mult: Suseme Abdala, venerabila centenară, recomandă fiertura miraculoasă de floarea-suferinței și pelin care puse brusc capăt diareii lui Pablo Vicario și făcu totodată să curgă iar izvorul fratelui său geamăn. Pedro Vicario căzu atunci într-o letargie fără somn, iar fratele tămăduit reuși să se adâncească în primul lui somn fără remușcări. Așa i-a găsit Pura Vicario la ora trei în zorii zilei de marți, când primarul a dus-o să-și ia rămas-bun de la ei.

Plecă toată familia, chiar și fetele cele mari cu bărbații lor, la inițiativa colonelului Aponte. Plecară fără ca nimeni să-și dea seama, la adăpostul sfârșelii generale, în vreme ce singurii supraviețuitori treji din ziua aceea ireparabilă îl înmormântau pe Santiago Nasar. Plecară până când spiritele aveau să se liniștească, după cum hotărâse primarul, dar nu s-au mai întors niciodată. Pura Vicario îi înfășură cu o năframă chipul fetei aduse înapoi pentru ca nimeni să nu-i vadă vânătăile și o îmbrăcă în roșu aprins ca nimeni să nu-și imagineze că ar purta doliu după amantul tainic. Înainte de a pleca, îl rugă pe părintele Amador să-i spovedească fiii la închisoare, dar Pedro Vicario s-a împotrivit și și-a convins fratele că n-aveau niciun motiv de căință. Rămaseră singuri și în ziua când au fost transferați la Riohacha erau atât de refăcuți și încredințați de dreptatea lor, încât n-au vrut să fie scoși noaptea, cum se procedase cu familia, ci în plină zi și cu chipul descoperit. Poncio Vicario, tatăl, muri în scurtă vreme. „L-a dat gata chinul sufletesc", mi-a spus Angela Vicario. Când gemenii au fost achitați, au rămas în Riohacha, la numai o zi de drum de Manaure, unde se stabilise familia. Acolo a venit Prudencia Cotes să se mărite cu Pablo Vicario, care deprinse meșteșugul de aurar în atelierul părintesc și ajunse un meșter iscusit. Pedro Vicario, fără iubită și fără slujbă, intră din nou după trei ani în Forțele Armate, se arătă vrednic mai întâi de gradul de sergent, dar într-o dimineață frumoasă patrula lui pătrunse pe teritoriul luptelor de gherilă, intonând cântece de bordel și niciodată nu s-a mai știut nimic despre ei.

Pentru marea majoritate a oamenilor, n-a existat decât o singură victimă: Bayardo San Román. Se considera că ceilalți protagoniști ai tragediei își duseseră la bun sfârșit cu demnitate, ba chiar cu o anume măreție, menirea pe care le-o hărăzise soarta. Santiago Nasar își ispășise vina, frații Vicario își dovediseră bărbăția, și sora înșelată își redobândise cinstea. Singurul care pierduse totul era Bayardo San Román. „Sărmanul Bayardo“, cum a fost pomenit ani de zile. Cu toate acestea, nimeni nu și-a amintit de el până după eclipsa de lună, sâmbăta următoare, când văduvul Xius i-a povestit primarului că văzuse o pasăre fosforescentă bătând din aripi deasupra fostei lui case, și credea că e sufletul soției care își cerea înapoi ceea ce fusese al ei. Primarul își dădu o palmă peste frunte care n-avea nicio legătură cu viziunea văduvului.

– La naiba! strigă. Am uitat de sărmanul om!

Urcă pe colină cu o patrulă, găsi automobilul decapotabil în fața vilei și văzu o lumină singuratică la dormitor, însă nimeni nu răspunse când a bătut și a strigat. Forțară, prin urmare, o ușă laterală și străbătură camerele luminate de sfârșitul eclipsei. „Totul părea cufundat în apă“, îmi povesti primarul. Bayardo San Román zăcea fără cunoștință pe pat, așa cum îl văzuse Pura Vicario în zorii zilei de marți, cu pantalonii fantezi și cămașa de mătase, dar fără pantofi. Pe jos erau sticle goale și o mulțime nedesfăcute lângă pat, dar nici urmă de mâncare. „Se afla în ultimul grad de intoxicație alcoolică“, îmi spuse doctorul Dionisio Iguarán, care i-a dat primele îngrijiri de urgență. Își veni însă în fire în doar câteva ceasuri și, îndată ce-și recăpătă judecata, îi dădu pe toți afară din casă cu cele mai alese cuvinte de care a fost în stare.

– Să nu mă reguleze nimeni la cap! spuse. Nici tata, cu fuduliile lui de veteran.

Primarul aduse la cunoștință acest episod generalului Petronio San Román, chiar și ultimele cuvinte, printr-o telegramă alarmantă. Generalul San Román a ținut seama întocmai de voința fiului său, fiindcă n-a venit după el, ci și-a expediat soția cu fetele și cu încă două femei mai în vârstă care păreau a fi surorile lui. Veniră cu un cargobot îmbrăcate în doliu mare pentru nenorocirea lui Bayardo San Román și despletite de durere. Înainte de a păși pe uscat își scoaseră pantofii și făcură drumul până la colină desculțe, în praful arzător al amiezii, smulgându-și părul și plângând cu țipete atât de sfâșietoare, că păreau de bucurie. Eu le-am văzut trecând din balconul Magdalenei Olivier și-mi amintesc că mi-a dat prin cap că o asemenea deznădejde se putea afișa numai pentru a ascunde o rușine și mai mare.

Colonelul Lázaro Aponte le însoți la casa de pe colină, iar apoi veni și doctorul Dionisio Iguarán, călare pe măgarul cu care se ducea la cazuri urgente. Când arșița se mai potoli, doi oameni de la primărie îl transportară până jos pe Bayardo San Román, într-un hamac agățat de un par, acoperit până peste cap cu o pătură și cu alaiul de bocitoare. Magdalena Oliver crezu că murise.

– Fir-ar să fie, exclamă, ce nenorocire!

Era din nou beat mort, dar cu greu puteai crede că mai era în viață, căci își târâia pe jos brațul drept și, îndată ce mama i-l punea la loc în hamac, îi aluneca iar, lăsând o dâră în pulbere de la faleza ce străjuia prăpastia până la puntea vaporului. Asta a fost ultima amintire care ne-a rămas de la el: cea de victimă.

Lăsară vila intactă. Eu și frații mei ne urcam s-o explorăm, în nopțile de petrecere, când veneam în vacanță și de fiecare dată găseam tot mai puține lucruri de valoare în camerele părăsite. Odată am găsit geamantănașul pe care Angela Vicario i-l ceruse maică-sii în noaptea nunții, dar nu i-am dat nicio importanță. Văzusem înăuntru ceva ce părea a fi strictul necesar pentru igiena și înfrumusețarea unei femei, și i-am aflat adevărata întrebuințare numai atunci când Angela Vicario mi-a povestit, după mulți ani, despre tertipurile de moașă pe care i le-au arătat ca să-și înșele soțul. A fost singura urmă pe care a lăsat-o în căminul ei de femeie căsătorită vreme de cinci ceasuri.

Peste ani de zile, când m-am întors să caut ultimele mărturii pentru această cronică, nu mai rămăsese nici măcar o părere din fericirea Yolandei Xius. În ciuda vigilenței încăpățânate a colonelului Lázaro Aponte, obiectele au dispărut încetul cu încetul, până și vitrina cu șase oglinzi de sus până jos, pe care maeștrii cântăreți din Mompox fuseseră nevoiți să o monteze în casă, deoarece nu intra pe ușă. La început, văduvul Xius era fericit gândindu-se că erau mijloacele postume ale soției spre a-și recupera ceea ce era al ei. Colonelul Lázaro Aponte își bătea joc de el. Dar într-o noapte îi trecu prin minte să facă o ședință de spiritism spre a lămuri misterul și sufletul Yolandei Xius îi confirmă în scris că într-adevăr ea era cea care își recupera încet-încet, pentru lăcașu-i de veci, nimicurile fericirii. Vila începu să se năruie. Automobilul de nuntă se desfăcu în bucăți în fața ușii, iar până la urmă nu mai rămase decât caroseria ruginită de vremea rea. Ani de-a rândul nu s-a mai știut nimic de proprietar. Există o declarație a sa la dosar, dar atât de scurtă și convențională, că pare improvizată în ultimul moment pentru a îndeplini o formalitate strict necesară. Singura dată când am încercat să stau de vorbă cu el, după douăzeci și trei de ani, m-a primit cu o anume agresivitate și a refuzat să-mi furnizeze cea mai neînsemnată informație care să-mi îngăduie să clarific puțin participarea lui la dramă. În orice caz, nici măcar părinții lui nu știau despre el mai multe ca noi și nici n-aveau cea mai mică idee de ce venise într-un sat uitat de lume, fără altă intenție mărturisită decât cea de a se căsători cu o fată pe care n-o văzuse în viața lui.

Despre Angela Vicario, în schimb, am avut întotdeauna vești din belșug, care mi-au inspirat o imagine idealizată. Sora mea, călugărița, a bătut o vreme platoul înalt din Guajira, străduindu-se să convertească cei de pe urmă idolatri și se oprea de obicei să stea de vorbă cu ea, în satul pârjolit de sarea Mării Caraibilor unde mama ei încercase s-o îngroape de vie. „Salutări de la verișoara ta“, îmi spunea mereu. Sora mea Margot, care o vizita și ea în primii ani, mi-a povestit că își cumpăraseră o casă de cărămidă cu o curte foarte mare la răscruce de vânturi, a cărei singură problemă erau nopțile cu maree, căci closetele dădeau pe dinafară și se trezeau dimineața cu peștii sărind prin dormitoare. Toți cei care au văzut-o în vremea aceea spuneau că era mereu dusă pe gânduri și măiastră la mașina de brodat și că, prin meșteșugul ei, reușise să uite.

Mult mai târziu, într-o perioadă confuză în care încercam să înțeleg ceva despre mine însumi, vânzând enciclopedii și cărți de medicină prin satele din Guajira, am ajuns întâmplător pe coclaurile acelea locuite de indieni. La fereastra unei case ce da spre mare, brodând la mașină în ceasul cel mai fierbinte de peste zi, stătea o femeie îmbrăcată pe jumătate în doliu, cu ochelari cu ramă de sârmă și păr cărunt, ușor îngălbenit, iar deasupra capului ei atârna o colivie cu un canar ce nu înceta să cânte. Văzând-o așa, în cadrul idilic al ferestrei, nu mi-a venit să cred că femeia aceea ar fi cea la care mă gândeam eu, pentru că nu voiam să admit că viața ajunge până la urmă să semene atât de mult cu literatura proastă. Însă era ea: Angela Vicario, după douăzeci de ani de la dramă.

S-a purtat cu mine ca totdeauna, cum faci cu un văr îndepărtat și mi-a răspuns la întrebări cu foarte multă chibzuință și cu umor. Părea atât de matură și plină de spirit, că-mi venea greu să cred că era aceeași. Cel mai mult m-a surprins felul în care ajunsese până la urmă să-și înțeleagă propria viață. După câteva minute, nu mi-a mai părut așa de îmbătrânită ca la prima vedere, ci aproape la fel de tânără cum mi-o aduceam aminte, fără să aibă însă nimic în comun cu cea pe care o obligaseră să se mărite fără dragoste la douăzeci de ani. Mama ei, care îmbătrânise urât, mă primi ca pe o stafie neplăcută. Refuză să vorbească despre trecut și am fost nevoit să mă mulțumesc pentru cronica aceasta cu câteva fraze răzlețe din discuțiile ei cu maică-mea și cu altele, puține, recuperate din amintirile mele. Făcuse imposibilul pentru ca Angela Vicario să moară cu zile, dar chiar fata i-a dejucat planurile, fiindcă n-a făcut niciodată vreun mister din nenorocirea ei. Dimpotrivă. Oricui voia s-o asculte i-o povestea de-a fir a păr, în afară de secretul care n-avea să se lămurească în veci: cine a fost, și cum, și când, adevăratul făptaș al necinstirii ei, căci nimeni n-a crezut că în realitate a fost Santiago Nasar.

Făceau parte din două lumi opuse. Nimeni nu i-a văzut vreodată împreună și, cu atât mai puțin, singuri. Santiago Nasar era prea semeț ca să se uite la ea. „Proasta de vară-ta“, îmi spunea ori de câte ori trebuia s-o pomenească. Pe deasupra, cum ziceam noi pe atunci, el era un uliu veşnic în căutare de puicuţe. Umbla singur, ca şi tatăl lui, luând fecioria oricărei fete care prindea să înflorească pe meleagurile acelea, dar niciodată nu i s-a cunoscut în sat altă legătură decât cea convenţională cu Flora Miguel şi cea furtunoasă care-l făcuse să-şi piardă minţile, vreme de paisprezece luni, cu María Alejandrina Cervantes. Versiunea cea mai curentă, poate fiindcă era şi cea mai perfidă, era că Angela Vicario proteja pe cineva pe care-l iubea cu adevărat şi alesese numele lui Santiago Nasar pentru că niciodată nu i-ar fi trecut prin minte că fraţii ei ar îndrăzni să facă ceva împotriva lui. Eu însumi am încercat să-i smulg adevărul acesta, când am fost la ea în vizită pentru a doua oară, cu toate argumentele mele puse în ordine, dar când le-a auzit, abia dacă şi-a ridicat privirea de pe broderia la care lucra.

– Nu mai despica atât firul în patru, vere, îmi spuse. A fost el.

Povesti tot restul fără nicio reținere, până și nenorocirea din noaptea nunții. Povesti că prietenele o învățaseră să-și îmbete soțul în pat, până avea să-și piardă cunoștința, să se arate și mai rușinoasă decât era, ca el să stingă lumina, să-și facă o spălătură zdravănă cu apă de piatră-acră pentru ca să pară fecioară, și să păteze cearșaful cu mercur roșu spre a-l putea expune a doua zi în curtea ei de proaspăt căsătorită. Doar de două lucruri n-au ținut seama sfătuitoarele ei: excepționala rezistență la băutură a lui Bayardo San Román și cuviința neprihănită pe care Angela Vicario o avea ascunsă în prostia-i impusă de prejudecăți. „N-am făcut nimic din ce mi-au spus, mi-a povestit, deoarece, cu cât mă gândeam mai mult, cu atât îmi dădeam seama că era o porcărie pe care n-o puteam face nimănui, și mai ales bietului bărbat care avusese nenorocul să se însoare cu mine." Așa încât s-a lăsat dezbrăcată fără rezerve în dormitorul luminat, scăpată de toate temerile învățate care-i distruseră viața. „Mi-a fost foarte ușor, mi-a spus, căci eram hotărâtă să mor."

Într-adevăr, vorbea de nefericirea ei fără nicio sfială, pentru a-și ascunde cealaltă nefericire, cea veritabilă, care-i mistuia sufletul. Nimeni n-ar fi bănuit măcar, până când ea s-a hotărât să mi-o spună, că Bayardo San Román a intrat în viața ei pentru totdeauna din clipa când a adus-o înapoi acasă. A fost o lovitură de grație. „Dintr-odată, în vreme ce mama s-a apucat să mă bată, am început să-mi aduc aminte de el“, mi-a spus. Pumnii o dureau mai puțin fiindcă știa că erau pentru el. Se gândi mai departe la el cu o anume uimire față de ea însăși, pe când hohotea, trântită pe canapeaua din sufragerie. „Nu plângeam din pricina loviturilor și nici pentru nimic din tot ce se întâmplase, mi-a spus, plângeam pentru el.“ Tot la el se gândea în vreme ce maică-sa îi punea comprese cu arnică pe față și încă și mai mult când auzi strigătele din stradă și clopotele din turn bătând a foc, iar maică-sa intră să-i spună că acum putea să se culce, căci ce-a fost mai rău trecuse.

De atâta amar de vreme se tot gândea la el fără nicio speranță, până când odată a trebuit s-o însoțească pe maică-sa la un spital din Riohacha, pentru un control la ochi. Intrară în trecere la Hotelul Portului, pe al cărui proprietar îl cunoșteau, și Pura Vicario ceru un pahar cu apă la restaurant. Stătea și îl bea, cu spatele la fata ei, când aceasta și-a văzut propriul gând reflectat în oglinzile fără șir din salon. Angela Vicario întoarse capul cu sufletul la gură și-l văzu trecând pe lângă ea fără s-o vadă și ieșind din hotel. Apoi se uită iar la maică-sa, cu inima zdrobită. Pura Vicario terminase de băut, își șterse buzele cu mâneca și-i zâmbi din dreptul tejghelei cu ochelarii ei noi. În zâmbetul acela, pentru prima oară de când se născuse, Angela Vicario o văzu așa cum era de fapt: o biată femeie ce-și consacrase viața cultului propriilor cusururi. „La naiba“, își zise. Era atât de tulburată, că făcu tot drumul de întoarcere cântând în gura mare și se trânti în pat să plângă trei zile încheiate.

Renăscu. „Eram nebună după el, îmi spuse, nebună de legat.“ Îi era de ajuns să închidă ochii pentru a-l și vedea, îl auzea respirând prin mare, dogoarea trupului lui în pat o trezea în miez de noapte. La sfârșitul acelei săptămâni, fără să fi avut o clipă de liniște, îi scrise prima scrisoare. A fost un bilet convențional, în care îi povestea că îl văzuse ieșind din hotel și că i-ar fi plăcut s-o fi văzut și el. Așteptă zadarnic un răspuns. După două luni, istovită de așteptare, îi trimise altă scrisoare, în același stil aluziv ca aceea dinainte, al cărei unic scop părea a fi cel de a-i reproșa lipsa de curtoazie. Șase luni mai târziu îi scrisese șase scrisori fără răspuns, dar se mulțumi cu certitudinea că el le primea.

Stăpână pentru întâia oară pe propriul destin, Angela Vicario descoperi atunci că ura și iubirea sunt pasiuni reciproce. Cu cât îi trimitea mai multe scrisori, cu atât își ațâța focul patimii, dar și ura pe care o simțea față de maică-sa. „Mi se întorcea stomacul pe dos numai când o vedeam, mi-a spus, însă nu puteam s-o văd fără să-mi amintesc de el.“ Viața ei de soție repudiată continua să fie la fel de simplă ca aceea de fată nemăritată, brodând mereu la mașină cu prietenele, așa cum înainte făcea lalele de pânză și păsări de hârtie, dar când maică-sa se culca, rămânea în camera ei scriind scrisori fără viitor până în zori. Deveni lucidă, energică, stăpână pe sine și ajunse iar fecioară numai pentru el, fără să recunoască altă autoritate decât cea proprie, nici altă servitute decât cea a obsesiei sale. A scris timp de o jumătate de viață câte o scrisoare pe săptămână. „Uneori nu-mi trecea prin minte ce să-i scriu, îmi spuse prăpădindu-se de râs, dar mi-era de-ajuns să știu că el le primea." La început au fost bilete convenționale, apoi scrisorele de amantă secretă, răvașe parfumate de logodnică efemeră, note de afaceri, mărturii de dragoste și, până la urmă, scrisori nedemne de soție părăsită care își născocea boli necruțătoare pentru a-l obliga să se întoarcă. Într-o noapte de bună dispoziție i se vărsă călimara pe scrisoarea terminată, și ea, în loc să o rupă, îi adăugă un post-scriptum: „*Ca dovadă a iubirii pe care ți-o port îți trimit lacrimile mele*". La răstimpuri, istovită de plâns, își bătea joc de propria nebunie. De șase ori fusese schimbată poștărița și de șase ori i-a câștigat complicitatea. Singurul lucru care nu i-a dat prin minte a fost să renunțe.

Cu toate acestea, el părea insensibil la delirul ei. Era ca și cum ar fi scris nimănui.

Într-o dimineață cu vânt, prin al zecelea an, o trezi certitudinea că el se afla gol în patul ei. Îi scrise atunci o scrisoare înfrigurată de douăzeci de pagini în care slobozi fără pudoare adevărurile amare ce-i apăsau sufletul din noaptea aceea funestă. Îi vorbi de rănile veșnice pe care el i le lăsase în trup, de sarea limbii lui, de dâra de foc a virilității lui africane. I-o dădu poștăriței, care venea vinerile după-amiaza să brodeze împreună și să-i ia scrisorile și rămase încredințată că această ultimă descătușare avea să însemne sfârșitul agoniei ei. Însă n-a venit niciun răspuns. Și, de atunci încolo, n-a mai fost conștientă de ceea ce scria și nici cui îi scria cu bună știință, dar continuă să scrie fără răgaz vreme de șaptesprezece ani.

Într-o zi de august la amiază, pe când broda cu prietenele, simți că cineva se apropia de poartă. N-a trebuit să se uite ca să știe cine era. „Se îngrășase și începea să-i cadă părul și avea acum nevoie de ochelari pentru a vedea de aproape, mi-a spus. Dar era el, la naiba, era el!“ Se sperie, fiindcă știa că el o vedea la fel de îmbătrânită cum îl vedea și ea și nu credea că el ar avea în suflet tot atâta dragoste ca ea pentru a suporta aceasta. Avea cămașa udă de sudoare, cum îl văzuse prima oară la chermesă, și purta aceeași centură și aceleași pungi de piele cam descusute, cu garnituri de argint. Bayardo San Román făcu un pas înainte, fără să dea vreo atenție celorlalte brodeze uluite și își puse pungile pe mașina de cusut.

– Ei bine, spuse, iată-mă!

Avea geamantanul cu lucruri cu gândul să rămână și altul identic cu aproape două mii de scrisori pe care i le scrisese ea. Erau puse în ordine pe date, în pachete legate cu panglici colorate și toate nedeschise.

Ani în șir n-am mai putut vorbi despre nimic altceva. Purtarea noastră de zi cu zi, guvernată până atunci de rutină, începuse să se învârtească deodată în jurul aceleiași dorințe înfrigurate pe care o simțeam cu toții. Ne surprindeau cocoșii din zori încercând să punem în ordine nenumăratele coincidențe înlănțuite care făcuseră posibil absurdul și era limpede că n-o făceam pentru a desluși mistere, ci fiindcă niciunul din noi nu putea să mai trăiască fără să știe cu exactitate locul și menirea pe care i le hărăzise fatalitatea.

Mulți n-au izbutit s-o afle. Cristo Bedoya, care a ajuns un chirurg renumit, nu și-a putut explica niciodată de ce a cedat impulsului de a aștepta două ceasuri în casa bunicilor, până la sosirea episcopului, în loc să se ducă să se odihnească la părinții lui, care îl așteptară până în zori ca să-l pună în gardă. Dar majoritatea celor care au putut să facă ceva pentru a împiedica săvârșirea crimei și totuși n-au făcut nimic se consolară cu pretextul că problemele de onoare sunt monopol sacru la care au acces numai eroii dramei. „Onoarea înseamnă iubire", o auzeam pe mama spunând. Hortensia Baute, a cărei unică participare a constat în faptul că văzuse două cuțite pline de sânge când încă nu erau, se simți atât de zguduită de halucinația ei, încât căzu într-o criză de penitență și într-o zi n-a mai putut suporta și s-a repezit în pielea goală pe stradă. Flora Miguel, logodnica lui Santiago Nasar, fugi din disperare cu un locotenent din trupele de frontieră, care o obligă să se prostitueze printre muncitorii de pe plantațiile de cauciuc din Vichada. Aura Villeros, moașa care ajutase să vină pe lume trei generații, suferi un spasm al vezicii când află vestea și până în ziua morții a avut nevoie de sondă pentru a urina. Don Rogelio de la Flor, bărbatul cumsecade al Clotildei Armenta, care era un miracol de vitalitate la optzeci și șase de ani, s-a ridicat pentru ultima oară pentru a vedea cum îl sfârtecau pe Santiago Nasar în poarta încuiată a propriei case și n-a supraviețuit șocului. Plácida Linero încuiase poarta în ultima clipă, dar se dezvinovăți la timp: „Am încuiat-o pentru că Divina Flor mi-a jurat că-l văzuse pe băiatul meu intrând în casă, îmi povesti, și nu era adevărat." În schimb nu și-a iertat niciodată că putuse confunda prevestirea minunată a copacilor cu cea nefastă a păsărilor și căpătă primejdiosul nărav al acelor vremuri de a mesteca semințe de cardamom.

La douăsprezece zile după crimă, judecătorul care instrumenta dosarul găsi un sat de oameni înnebuniți, de parcă erau jupuiți de vii. În sordidul birou din scânduri de la Palatul Municipal, bând cești de cafea cu rom de trestie pentru a alunga halucinațiile stârnite de căldură, a fost nevoit să ceară trupe de întărire spre a stăpâni mulțimea care năvălea să facă declarații fără a fi chemată, dornică să-și etaleze propria importanță în dramă. Își luase diploma de curând și încă mai purta costumul de postav negru al Facultății de Drept și inelul de aur cu emblema promoției sale și avea fumurile și lirismul începătorului fericit. Dar nu i-am aflat niciodată numele. Tot ce știm despre caracterul lui am aflat din dosarul de instrucție, pe care numeroase persoane m-au ajutat să-l caut, după douăzeci de ani de la săvârșirea crimei, în Palatul de Justiție din Riohacha. Nu exista nicio clasificare în arhive și dosarele de peste un secol zăceau la grămadă pe pardoseala decrepitului edificiu colonial care fusese timp de două zile cartierul general al lui Francis Drake. Parterul se inunda ori de câte ori creștea mareea și volumele hărtănite pluteau prin birourile pustii. Eu însumi am explorat adesea, cu apa până la glezne, balta aceea de cauze pierdute, și numai întâmplarea mi-a îngăduit să salvez după cinci ani de căutări vreo trei sute douăzeci și două de file scăpate din cele peste cinci sute pe care trebuia să le fi avut dosarul.

Numele judecătorului nu apărea pe nicăieri, dar este evident că era un om copleșit de pasiunea literaturii. Citise fără nicio îndoială clasicii spanioli și câțiva dintre cei latini și-l cunoștea foarte bine pe Nietzsche, autorul la modă printre magistrații din vremea lui. Însemnările marginale, și nu doar din pricina culorii cernelii, păreau scrise cu sânge. Era atât de descumpănit de enigma pe care i-o rezervase soarta, încât de multe ori se lăsă furat de divagații lirice nepotrivite cu rigoarea profesiunii sale. Și, mai ales, nu i se păru niciodată drept ca viața să se folosească de atâtea intervenții ale hazardului interzise literaturii, pentru a se înfăptui fără opreliști o moarte atât de anunțată.

Totuși, ceea ce-l neliniștise cel mai mult la sfârșitul strădaniei lui excesive a fost faptul că nu găsise un singur indiciu, oricât de neverosimil, că Santiago Nasar ar fi fost cu adevărat făptașul. Prietenele Angelei Vicario, cele care îi fuseseră complice la înșelătorie, povestiră vreme îndelungată că ea le împărtășise secretul încă dinainte de nuntă, însă nu le dezvăluise niciun nume. La anchetă declarară: „Ne-a spus minunea, dar nu și sfântul". Angela Vicario, la rândul ei, a rămas pe aceeași poziție. Când judecătorul de instrucție a întrebat-o în felul său ocolit dacă știa cine era răposatul Santiago Nasar, ea i-a răspuns impasibilă:

– A fost făptașul.

Așa a fost consemnat la dosar, însă fără nicio altă precizare despre împrejurări și nici despre loc. În cursul procesului, care n-a durat decât trei zile, avocatul părții civile a insistat asupra netemeiniciei acestei acuzații. Perplexitatea judecătorului de instrucție în fața lipsei de dovezi împotriva lui Santiago Nasar era atât de mare, încât uneori dezamăgirea părea a influența munca sa rodnică. La pagina 416, scrise cu mâna lui și cu cerneala roșie luată de la spițer, o cugetare marginală: *Dați-mi o prejudecată și voi mișca lumea din loc.* Sub această parafrază născută din descurajare, cu linii inspirate și cu aceeași cerneală de sânge, desenă o inimă străpunsă de o săgeată. Pentru el, ca și pentru prietenii apropiați ai lui Santiago Nasar, însăși comportarea acestuia din ultimele sale ceasuri a fost o dovadă nedezmințită de nevinovăție.

Într-adevăr, în dimineața zilei morții, Santiago Nasar nu avusese nicio clipă de șovăială, deși știa prea bine care ar fi fost prețul pentru ofensa pe care i-o imputau. Cunoștea latura fățarnică a lumii din jur și trebuia să știe că firea simplă a gemenilor nu era capabilă să facă față batjocurii. Nimeni nu-l cunoștea foarte bine pe Bayardo San Román, dar Santiago Nasar îl cunoștea îndeajuns ca să-și dea seama că, dincolo de aerele sale de om de lume, era ca oricare altul, prizonierul prejudecăților mediului din care provenea. Așadar, nepăsarea lui deliberată a fost de-a dreptul sinucigașă. Pe deasupra, când a aflat în sfârșit, în ultima clipă, că frații Vicario îl așteptau să-l omoare, reacția lui n-a fost stârnită de panică, așa cum s-a tot spus, ci mai curând de nedumerire știindu-se nevinovat.

Impresia mea personală este că a murit fără să-și înțeleagă moartea. După ce i-a făgăduit surorii mele Margot că va veni să mănânce la noi acasă, a plecat cu Cristo Bedoya de braț de-a lungul cheiului și amândoi păreau atât de nepăsători, încât creară iluzii false. „Mergeau atât de veseli, îmi spuse Meme Loaiza, că i-am mulțumit Domnului crezând că lucrurile se aranjaseră." De bună seamă, nu toată lumea îl îndrăgea atât de mult pe Santiago Nasar. Polo Carrillo, proprietarul centralei electrice, socotea că seninătatea lui nu era rodul nevinovăției, ci al cinismului. „Credea că banii îl făceau să fie de neatins", îmi spuse. Fausta López, nevasta lui, comentă: „Ca toți turcii". Indalecio Pardo tocmai trecuse pe la prăvălia Clotildei Armenta și gemenii îi spuseseră că, îndată ce va pleca episcopul, aveau să-l omoare pe Santiago Nasar. A crezut, ca atâția alții, că erau aiureli de lunatici, dar Clotilde Armenta l-a făcut să-și dea seama că era adevărat și l-a rugat să se ducă după Santiago Nasar ca să-l prevină.

– Nu te mai obosi, îi zise Pedro Vicario, oricum e ca și mort.

Era o provocare prea evidentă. Gemenii știau de legăturile lui Indalecio Pardo cu Santiago Nasar și trebuie să se fi gândit că era omul potrivit pentru a împiedica crima, fără ca ei să rămână de rușine. Însă Indalecio Pardo l-a văzut pe Santiago Nasar la braț cu Cristo Bedoya, printre grupurile care plecau din port, și nu s-a încumetat să-l prevină. „M-am pierdut cu firea", mi-a spus. I-a bătut pe umăr pe amândoi și i-a lăsat să-și vadă de drum. Ei abia dacă îl luară în seamă, fiindcă erau mai departe adânciți în socotitul cheltuielilor de la nuntă.

Lumea se împrăștia spre piață în aceeași direcție ca ei. Mulțimea era compactă, dar Escolástica Cisneros a avut impresia că cei doi prieteni mergeau în mijlocul oamenilor fără greutate, într-un cerc gol, deoarece toți știau că Santiago Nasar avea să moară și nu îndrăzneau să-l atingă. Cristo Bedoya își amintea că aveau față de ei o comportare bizară. „Ne priveau de parcă am fi avut fața vopsită", mi-a spus. Sara Noriega își deschise magazinul de pantofi chiar în momentul în care treceau ei și se sperie de paloarea lui Santiago Nasar. Însă el o liniști.

– Închipuie-ți, dragă Sara, îi spusese din mers, cu mahmureala asta!

Celeste Dangond stătea în pijama în ușa casei sale, râzând de cei care se îmbrăcaseră de sărbătoare ca să-l salute pe episcop și-l invită pe Santiago Nasar la o cafea. „L-am poftit ca să câștig timp să mă gândesc ce-i de făcut", mi-a spus. Dar Santiago Nasar i-a răspuns că era grăbit să-și schimbe hainele ca să meargă să ia micul dejun cu sora mea. „M-am lăsat păgubașă, mi-a explicat Celeste Dangond, căci dintr-odată mi s-a părut că nu puteau să-l omoare din moment ce era așa de sigur în legătură cu ce avea să facă." Yamil Shaium a fost singurul care a făcut ce-și pusese în gând. Imediat ce a aflat zvonul, a ieșit în ușa prăvăliei lui de țesături și l-a așteptat pe Santiago Nasar ca să-l prevină. Era unul dintre ultimii arabi care veniseră cu Ibrahim Nasar, i-a fost partener la jocul de cărți până la moarte și continua să fie sfetnicul de nădejde al familiei. Nimeni nu avea atâta autoritate ca el pentru a vorbi cu Santiago Nasar. Totuși, se gândea că, dacă zvonul era neîntemeiat, avea să-l alarmeze degeaba, și preferă să se consulte mai întâi cu Cristo Bedoya în eventualitatea că acesta era mai bine informat. Când îl văzu trecând, îl chemă. Cristo Bedoya îl bătu ușor pe spinare pe Santiago Nasar, odată ajunși în colțul pieței și răspunse chemării lui Yamil Shaium.

– Ne vedem sâmbătă, îi spuse.

Santiago Nasar nu-i răspunse, ci i se adresă în arabă lui Yamil Shaium, iar acesta îi răspunse tot în arabă, strâmbându-se de râs. „Era un joc de cuvinte cu care ne amuzam mereu“, îmi spuse Yamil Shaium. Fără a se opri, Santiago Nasar le făcu amândurora un semn de rămas-bun cu mâna și dădu colțul pieței. A fost ultima oară când l-au văzut.

Cristo Bedoya nici n-apucă să asculte știrea dată de Yamil Shaium, că ieși ca din pușcă din prăvălie ca să-l ajungă din urmă pe Santiago Nasar. Îl văzuse dând colțul, dar nu-l găsi printre grupurile care începeau să se risipească în piață. Mai multe persoane pe care le întrebă despre el i-au dat același răspuns:

– Tocmai v-am văzut împreună.

I se păru cu neputință să fi ajuns atât de repede la el acasă, dar oricum se duse să întrebe de el, căci găsi poarta din față fără zăvorul tras și întredeschisă. Intră fără să vadă hârtia de pe jos și traversă salonul în penumbră, încercând să nu facă zgomot, fiindcă era încă prea devreme pentru vizite, dar câinii se agitară în fundul curții și-i ținură calea. Îi liniști zornăind cheile, cum învățase de la stăpânul lor și merse mai departe înconjurat de ei până în bucătărie. Pe coridor dădu față în față cu Divina Flor care ducea o găleată cu apă și o cârpă să spele pardoseala din salon. Ea îl asigură că Santiago Nasar nu se întorsese. Victoria Guzmán tocmai pusese la cuptor iepurii când el intră în bucătărie. Ea înțelese imediat. „Era cu sufletul la gură“, îmi spuse. Cristo Bedoya o întrebă dacă Santiago Nasar era în casă, iar ea îi răspunsese cu prefăcută candoare că nici n-apucase încă să se culce.

– E foarte serios, îi spuse Cristo Bedoya. Îl caută ca să-l omoare.

Victoriei Guzmán îi pieri candoarea.

– Băieții aceia, sărmanii, nu omoară pe nimeni, zise.

– Stau și beau întruna de sâmbătă, spuse Cristo Bedoya.

– Tocmai de aceea, răspunse ea: nu-i pe lume bețivan care să-și mănânce rahatul.

Cristo Bedoya se întoarse în salon, unde Divina Flor tocmai deschisese ferestrele. „Bineînțeles că nu ploua", îmi spusese Cristo Bedoya. „Abia se făcuse șapte și prin ferestre pătrundea un soare auriu." O mai întrebă o dată pe Divina Flor dacă era sigură că Santiago Nasar nu intrase pe ușa de la salon. Ea n-a mai fost atunci atât de sigură ca prima oară. O întrebă de Plácida Linero și ea îi răspunse că îi dusese acum o clipă cafeaua și i-o lăsase pe noptieră, dar nu o trezise. Așa făcea întotdeauna: avea să se scoale la șapte, avea să-și bea cafeaua și să coboare ca să dea instrucțiuni pentru prânz. Cristo Bedoya își privi ceasul: era șase și cincizeci și șase. Urcă atunci la etaj spre a se încredința că Santiago Nasar nu se întorsese.

Ușa camerei lui era închisă pe dinăuntru, pentru că Santiago Nasar ieșise prin dormitorul maică-sii. Cristo Bedoya nu numai că știa casa ca pe a lui, ci se și bucura de atâta încredere din partea familiei, încât împinse ușa camerei Plácidei Linero pentru a trece pe acolo spre dormitorul alăturat. Un mănunchi de raze pline de pulbere intra prin lucarnă și frumoasa femeie adormită în hamac, pe spate, cu mâna de mireasă pe obraz, avea un aspect ireal. „A fost ca o nălucă“, îmi spuse Cristo Bedoya. O contemplă o clipă, fascinat de frumusețea ei și apoi străbătu dormitorul în liniște, trecu prin dreptul băii și intră în dormitorul lui Santiago Nasar. Patul era neatins și pe fotoliu se afla costumul de călărie călcat cu mare grijă și, deasupra costumului, pălăria de călăreț, iar pe jos stăteau cizmele alături de pinteni. Pe noptieră, ceasul de mână al lui Santiago Nasar arăta șase și cincizeci și opt. „Pe neașteptate mi-a trecut prin minte că ieșise din nou, înarmat“, îmi spuse Cristo Bedoya. Însă găsi revolverul în sertarul de la noptieră. „Niciodată nu trăsesem cu o armă, îmi spuse

Cristo Bedoya, dar m-am hotărât să iau revolverul să i-l duc lui Santiago Nasar." Și l-a pus în centură pe sub cămașă și numai după crimă și-a dat seama că nu era încărcat. Plácida Linero apăru în ușă cu ceașca de cafea în mână în momentul în care el închidea sertarul.

– Doamne Dumnezeule, exclamă ea, ce tare m-ai speriat!

Cristo Bedoya se sperie și el. O văzu în plină lumină, cu un capot brodat cu ciocârlii aurite și părul răsculat și farmecul pierise. Explică puțin cam confuz că intrase să-l caute pe Santiago Nasar.

– S-a dus să-l întâmpine pe episcop, spuse Plácida Linero.

– Episcopul nici nu s-a oprit, zise el.

– Bănuiam eu, răspunse ea. E un ticălos fără pereche.

Nu mai spuse nimic, fiindcă în momentul acela și-a dat seama că Cristo Bedoya nu știa ce să mai facă. „Nădăjduiesc că Domnul m-a iertat, îmi spuse Plácida Linero, dar l-am văzut atât de tulburat, că dintr-odată mi-a trecut prin minte că intrase să fure." L-a întrebat ce-a pățit. Cristo Bedoya era conștient că se află într-o situație care dă de bănuit, dar n-a avut curajul să-i dezvăluie adevărul.

– N-am închis ochii nici măcar un minut, îi răspunse.

Și plecă fără alte explicații. „În orice caz, mi-a spus, ea își imagina mereu că lumea o fura." În piață se întâlni cu părintele Amador care se întorcea la biserică ducând ornamentele slujbei care nu avusese loc, dar nu i se păru c-ar fi putut face pentru Santiago Nasar nimic altceva decât poate să-i salveze sufletul. Se ducea iar înspre port când se auzi strigat din prăvălia Clotildei Armenta. Pedro Vicario stătea în ușă, livid și cu părul vâlvoi, cu cămașa desfăcută și mânecile suflecate până la cot și cu cuțitul grosolan pe care el însuși îl făcuse dintr-o pânză de ferăstrău. Atitudinea lui era prea insolentă pentru a fi întâmplătoare, totuși n-a fost singura și nici cea mai vădită din cele pe care le-a adoptat în ultimele minute ca să nu fie lăsat să săvârșească crima.

– Cristóbal, strigă, spune-i lui Santiago Nasar că îl așteptăm aici ca să-l omorâm.

Cristo Bedoya i-ar fi făcut hatârul să-l oprească. „Dacă aș fi știut să trag cu pistolul, Santiago Nasar ar mai fi în viață“, mi-a spus. Însă până și ideea de a trage îl tulbură, după toate câte auzise spunându-se despre puterea devastatoare a unui glonț blindat.

– Te previn că are un Magnum în stare să străpungă un motor, strigă.

Pedro Vicario știa că nu era adevărat. „Nu era niciodată înarmat dacă nu purta costumul de călărit“, mi-a spus. Dar oricum prevăzuse c-ar putea fi înarmat când luase hotărârea de a spăla onoarea surorii lui.

– Morții nu trag cu arma, strigă.

Pablo Vicario se ivi atunci în ușă. Era la fel de palid ca fratele lui și avea haina de la nuntă, iar în mână, cuțitul înfășurat în ziar. „Dacă n-ar fi fost amănuntele astea, îmi spuse Cristo Bedoya, n-aș fi știut niciodată cine anume era fiecare.“ Clotilde Armenta apăru în spatele lui Pablo Vicario și-i strigă lui Cristo Bedoya să se grăbească, fiindcă, în satul ăsta de poponari, numai un bărbat ca el putea împiedica tragedia.

Tot ce a urmat din clipa aceea e de domeniul public. Lumea care se întorcea din port, alertată de strigăte, începu să năvălească în piață ca să asiste la crimă. Cristo Bedoya întrebă mai mulți cunoscuți despre Santiago Nasar, dar nimeni nu-l văzuse. La club se întâlni în prag cu colonelul Lázaro Aponte și îi povesti ce se întâmplase în prăvălia Clotildei Armenta.

– Nu se poate, spuse colonelul Aponte, pentru că eu i-am trimis să se culce.

– Dar tocmai i-am văzut cu un cuțit de tăiat porci, zise Cristo Bedoya.

– Nu se poate, fiindcă eu le-am luat cuțitele înainte de a-i trimite să se culce, spuse primarul. I-ai văzut, pesemne, înainte de asta.

– I-am văzut acum două minute și fiecare avea un cuțit de tăiat porci, răspunse Cristo Bedoya.

– La naiba, zise primarul, atunci înseamnă că s-au întors cu altele.

Făgădui să se ocupe de treaba asta imediat, dar intră la club ca să confirme o întâlnire pentru o partidă de domino de diseară și, când a ieșit de acolo, crima fusese înfăptuită. Cristo Bedoya făcu atunci singura-i greșeală fatală: crezu că Santiago Nasar se hotărâse în ultimul moment să vină la noi acasă pentru gustare înainte de a se schimba de haine și a pornit să-l caute. A grăbit pasul de-a lungul fluviului, întrebându-i pe toți care-i ieșeau în cale dacă nu l-au văzut, dar nimeni nu-l văzuse. Nu se alarmă, căci mai erau și alte drumuri către casa noastră. Próspera Arango, fata venită din inima țării, îl imploră să facă ceva pentru tatăl ei care trăgea să moară lângă gardul casei lor, imun la binecuvântarea grabnică a episcopului. „Eu îl văzusem când am trecut pe acolo, îmi spuse sora mea Margot, și avea deja față de mort.“ Cristo Bedoya zăbovi patru minute să vadă ce era cu bolnavul și promise că se va întoarce mai târziu pentru a-i da primele îngrijiri, dar mai pierdu încă trei minute ajutând-o pe Próspera Arango să-l ducă la el în cameră. Când ieși iar, auzi strigăte îndepărtate și i se păru că distinge zgomot de petarde dinspre piață. Încercă s-o ia la fugă, dar îl împiedică revolverul vârât la cingătoare. Când dădu ultimul colț, o recunoscu din spate pe mama care-și ducea băiatul cel mai mic aproape trăgându-l de mână.

– Luisa Santiaga, îi strigă, unde este finul dumitale?

Mama se întoarse anevoie cu fața scăldată în lacrimi.

– Ah, băiatule, i-a răspuns, se spune că l-au omorât!

Era adevărat. În vreme ce Cristo Bedoya îl căuta, Santiago Nasar intrase în casa Florei Miguel, logodnica lui, chiar la răspântia unde el l-a văzut pentru ultima oară. „Nu mi-a trecut prin minte că ar putea fi acolo, mi-a spus, fiindcă cei din casa aceea nu se sculau niciodată înainte de prânz.“ Era un zvon răspândit că întreaga familie dormea până la douăsprezece din porunca lui Nahir Miguel, bărbatul înțelept al comunității. „De asta Flora Miguel, care nu mai era chiar în prima tinerețe, se păstra proaspătă ca un trandafir“, susține Mercedes. În realitate, deși casa le rămânea încuiată până foarte târziu, ca multe altele, erau oameni harnici și se sculau devreme. Părinții lui Santiago Nasar și ai Florei Miguel se înțeleseseră să-i căsătorească. Santiago Nasar acceptă înțelegerea în plină adolescență și era decis să o respecte, poate pentru că avea despre căsătorie aceeași concepție utilitară ca și tatăl lui. Flora Miguel, la rândul ei, se bucura de o anume frumusețe florală, dar era lipsită de farmec și de minte și fusese nașă la nunțile fetelor din toată generația ei, așa încât pentru ea înțelegerea a fost o soluție providențială. Logodna lor era simplă, fără vizite protocolare și fără zbucium sentimental. Nunta, amânată în mai multe rânduri, fusese stabilită, în sfârșit, pentru Crăciun.

Flora Miguel se trezi în lunea aceea odată cu primele șuierături ale vaporului episcopului și foarte curând află că gemenii Vicario stăteau să-l aștepte pe Santiago Nasar ca să-l omoare. Surorii mele, călugărița, singura care a vorbit cu ea după nenorocire, i-a zis că nici nu-și amintea măcar cine i-o spusese. „Știu doar că la șase dimineața toată lumea aflase“, i-a spus. Totuși, i se păru de neconceput ca pe Santiago Nasar să-l fi omorât cineva, dar, în schimb, i se năzări că aveau să-l însoare cu forța cu Angela Vicario, ca să-i salveze onoarea. Suferi o criză de umilință. Pe când jumătate de sat îl aștepta pe episcop, ea stătea în camera ei, plângând de furie și făcând ordine în sipetul cu scrisorile pe care Santiago Nasar i le trimisese pe vremea liceului.

Ori de câte ori trecea prin dreptul casei Florei Miguel, chiar dacă nu era nimeni înăuntru, Santiago Nasar zgâria cu cheile plasa de sârmă de la ferestre. În ziua aceea de luni, ea îl aștepta cu sipetul cu scrisori în poală. Santiago Nasar n-o putea vedea din stradă, însă ea l-a văzut apropiindu-se prin plasa de sârmă înainte ca el s-o zgârie cu cheile.

– Intră, îi spuse.

Nimeni, nici măcar un doctor, nu intrase în casa aceea la șapte fără un sfert dimineața. Santiago Nasar tocmai îl lăsase pe Cristo Bedoya în prăvălia lui Yamil Shaium și era atâta lume în piață cu ochii pe el, încât părea de necrezut ca nimeni să nu-l fi văzut intrând în casa logodnicei.

Judecătorul de instrucție căută măcar un singur om care să-l fi văzut și a făcut-o la fel de stăruitor ca și mine, dar n-a fost posibil să-l găsească. La pagina 382 a dosarului scrise altă cugetare cu cerneală roșie: *Fatalitatea ne face invizibili.* De fapt, Santiago Nasar intră pe poarta mare, în văzul tuturor și fără a face nimic pentru a nu fi văzut. Flora Miguel îl aștepta în salon, verde la față de mânie, îmbrăcată cu una din rochiile cu volane pleoștite, pe care le purta de obicei la ocazii deosebite, și-i puse sipetul în mâini.

– Ia-l de aici, îi spuse. Și deie Domnul să te omoare!

Santiago Nasar rămase atât de uluit, încât sipetul îi căzu din mâini, iar scrisorile lui de dragoste se risipiră pe jos. Încercă s-o ajungă din urmă pe Flora Miguel, dar ea intră în dormitor, închise ușa și trase zăvorul. Bătu de mai multe ori și o strigă cu o voce prea ridicată pentru ceasul acela, așa încât toată familia veni în fugă alarmată. Cu toții, rude de sânge și prin alianță, cu mic, cu mare, erau peste paisprezece persoane. Ultimul care și-a făcut apariția a fost

Nahir Miguel, tatăl, cu barba-i roșie și burnusul de beduin adus de pe meleagurile sale și pe care îl purta întotdeauna în casă. Eu l-am văzut de multe ori, era uriaș și solemn, dar cel mai tare mă impresiona la el strălucirea autorității.

– Flora! Deschide ușa! strigă în limba lui.

Intră în dormitorul fetei, în vreme ce familia îl contempla îngândurată pe Santiago Nasar. Stătea în genunchi în salon, adunând scrisorile de pe jos și punându-le în sipet. „Părea că face penitență", mi-au spus. Nahir Miguel ieși după câteva minute din cameră, făcu un semn cu mâna și familia întreagă dispăru.

Continuă să-i vorbească în arabă lui Santiago Nasar. „Din primul moment mi-am dat seama că n-avea habar despre ce îi spuneam", mi-a zis. L-a întrebat atunci în secret dacă știa că frații Vicario îl caută să-l omoare. „Se făcu palid și se pierdu într-atât cu firea, încât nu era cu putință să cred că se prefăcea", mi-a mărturisit. Avu aceeași impresie, că starea lui nu se datora atât fricii, cât nedumeririi.

– Tu trebuie să știi dacă au dreptate sau nu, i-a zis. Însă, în orice caz, acum nu mai ai decât două căi: ori te ascunzi aici, unde ești ca la tine acasă, ori ieși afară cu pușca mea.

– Nu înțeleg nimic, la naiba! spuse Santiago Nasar.

A fost tot ce-a apucat să spună și o făcu în spaniolă. „Părea o curcă plouată", mi-a zis Nahir Miguel. A fost nevoit să-i ia sipetul din mâini fiindcă el nu știa unde să-l pună pentru a putea deschide ușa.

– Vor fi doi contra unu, îl avertiză.

Santiago Nasar plecă. Oamenii se îngrămădiseră în piață ca în zilele de paradă. Îl văzură cu toții ieșind și înțeleseră cu toții că aflase că aveau să-l omoare, și era atât de tulburat, încât nu-și mai găsea drumul spre casă. Se zice că cineva strigă de la un balcon: „Nu pe acolo, turcule, ci prin portul vechi". Santiago Nasar căută vocea. Yamil Shaium îi strigă să intre în prăvălia lui și se duse să-și ia pușca de vânătoare, dar nu-și aduse aminte unde ascunsese cartușele. Din toate părțile începură să-l strige și

Santiago Nasar se răsuci de mai multe ori în dreapta și în stânga, năucit de atâtea strigăte în același timp. Era limpede că se îndrepta spre poarta din spate a casei lui, dar trebuie să-și fi adus brusc aminte că era deschisă poarta din față.

– Uite-l că vine, spuse Pedro Vicario.

Amândoi frații îl văzură în același timp. Pablo Vicario își scoase haina, o puse pe scaun și dezveli cuțitul în formă de iatagan. Înainte de a părăsi prăvălia, fără să vorbească, își făcură amândoi semnul crucii. Atunci, Clotilde Armenta îl prinse pe Pedro Vicario de cămașă și-i strigă lui Santiago Nasar să fugă pentru că aveau să-l omoare. A fost un țipăt atât de năprasnic, că le stinse pe celelalte. „La început se sperie, îmi spuse Clotilde Armenta, fiindcă nu știa cine îl striga și nici de unde anume." În secunda aceea a văzut-o pe ea, l-a văzut și pe Pedro Vicario, care o trânti la pământ dintr-un brânci, și-și ajunse din urmă fratele. Santiago Nasar se afla la mai puțin de cincizeci de metri de casa lui și fugi spre poarta cea mare.

Cu cinci minute mai devreme, în bucătărie, Victoria Guzmán îi povestise Plácidei Linero ceea ce toată lumea știa. Plácida Linero era o femeie cu nervii tari, așa încât n-a lăsat să i se vadă niciun semn de alarmă. O întrebă pe Victoria Guzmán dacă îi spusese ceva fiului ei și ea minți cu bună știință răspunzându-i că nu aflase încă nimic când el coborâse să-și bea cafeaua. În salon, spălând mai departe pardoseala, Divina Flor văzu în același timp că Santiago Nasar intră pe poarta dinspre piață și urcă pe scara de vapor ce ducea la dormitoare. „A fost o viziune limpede, îmi povesti Divina Flor. Avea costumul alb și ceva în mână pe care nu l-am putut vedea bine, dar mi s-a părut un buchet de trandafiri.“ Așa încât atunci când Plácida Linero întrebă de el, Divina Flor o liniști.

– A urcat în dormitor acum un minut, i-a spus.

Plácida Linero văzu atunci hârtia de pe jos, dar nu-i trecu prin minte s-o ridice, și a aflat ce scria pe ea numai când cineva i-o arătă mai târziu în vacarmul tragediei. Prin poarta întredeschisă i-a văzut pe frații Vicario care veneau în goană spre casă, cu cuțitele scoase. Din locul unde se afla ea îi putea vedea pe cei doi, însă nu izbutea să-l vadă pe fiul ei, care fugea din direcția opusă către poartă. „Am crezut că voiau să intre ca să-l omoare în casă“, mi-a spus. Atunci dădu fuga la poartă și o închise dintr-o izbitură. Tocmai trăgea zăvorul când auzi strigătele lui Santiago Nasar și auzi pumnii de groază care loveau în poartă, dar crezu că el era sus, insultându-i pe frații Vicario din balconul dormitorului. Urcă în grabă să-i vină în ajutor.

Santiago Nasar mai avea nevoie doar de câteva secunde ca să intre când poarta se închise. Apucă să bată de mai multe ori cu pumnii și imediat se întoarse pentru a-și înfrunta dușmanii cu mâinile goale. „M-am speriat când l-am văzut din față, mi-a spus Pedro Vicario, căci mi s-a părut de două ori mai mare decât era în realitate.“ Santiago Nasar ridică mâna ca să pareze prima lovitură a lui Pedro Vicario, care îl ataca din dreapta cu cuțitul cel lung.

– Feciori de curvă! strigă.

Cuțitul îi străpunse palma dreaptă și apoi i se afundă până în plăsele în coaste. Auziră cu toții strigătu-i de durere.

– Vai, mamă!

Pedro Vicario trase afară cuțitul cu mâna-i necruțătoare de parlagiu și-i dădu a doua lovitură aproape în același loc. „Ciudat, cuțitul ieșea din rană curat, declară Pedro Vicario judecătorului de instrucție. Îl lovisem de cel puțin trei ori și nu era nicio picătură de sânge." Santiago Nasar se răsuci cu brațele încrucișate pe pântec după cea de a treia lovitură, scoase un muget ca de vițel și încercă să le întoarcă spatele. Pablo Vicario, care se afla în stânga lui cu cuțitul ca un iatagan, îi dădu atunci singura lovitură în spinare și un șuvoi de sânge țâșni cu putere udându-i cămașa. „Miroseam ca el", mi-a spus. Rănit de moarte de trei ori, Santiago Nasar se întoarse iar cu fața spre ei și se sprijini cu spatele de poarta mamei lui, fără cea mai mică împotrivire, ca și cum ar fi vrut doar să-i ajute să-l omoare odată, înjunghiindu-l și pe partea asta. „N-a mai strigat, spuse Pedro Vicario judecătorului de instrucție. Dimpotrivă, mi s-a părut că râdea." Atunci continuară amândoi să-l înjunghie rezemat de poartă, cu lovituri ușoare, date când de unul, când de celălalt, plutind în alinătura strălucitoare pe care o aflară dincolo de frică. Nu auziră țipetele satului întreg înspăimântat de crima săvârșită. „Mă simțeam ca atunci când călărești în goană", declară Pedro Vicario. Dar amândoi se treziră brusc la realitate, pentru că erau epuizați, și totuși li se părea că Santiago Nasar n-avea să se prăbușească în veci. „La naiba, vere, îmi spuse Pablo Vicario, nu-ți închipui cât de greu este să omori un om!" Încercând să-l răpună pentru totdeauna, Pedro Vicario îi căută inima, dar i-o căută aproape la subsuoară, unde o au porcii. De fapt, Santiago Nasar nu se prăbușea deoarece chiar ei îl susțineau cu lovituri de cuțit proptit de poartă. Disperat, Pablo Vicario îi dădu o lovitură orizontală în pântece, și toate intestinele îi țâșniră ca într-o explozie. Pedro Vicario se pregătea să facă la fel, dar mâna i se răsuci de oroare și îi dădu o tăietură rătăcită în coapsă.

Santiago Nasar mai rămase încă o clipă rezemat de poartă, până când își văzu măruntaiele pe pământ, curate și albastre, și căzu în genunchi.

După ce l-a căutat strigându-l prin camere, pe când auzea fără să știe de unde alte strigăte care nu erau ale ei, Plácida Linero se duse la fereastra ce da spre piață și-i văzu pe frații Vicario fugind spre biserică. Erau urmăriți îndeaproape de Yamil Shaium, cu pușca de vânat tigrii, și de alți arabi fără arme, iar Plácida Linero se gândi că primejdia trecuse. Ieși apoi pe balconul de la dormitor și-l văzu pe Santiago Nasar în dreptul porții, cu fața în țărână chinuindu-se să se ridice din propriul sânge. Se îndreptă pe jumătate, aplecându-se într-o parte, și începu să meargă în stare de transă, ținându-și cu mâinile măruntaiele ce atârnau.

A mers mai bine de o sută de metri pentru a face înconjurul casei și a intrat pe ușa de la bucătărie. Mai avea încă suficientă luciditate ca să nu meargă pe stradă, ceea ce ar fi însemnat un ocol, și intră prin casa vecină. Poncho Lanao, nevastă-sa și cei cinci copii ai lor habar n-aveau de ceea ce tocmai se petrecuse la douăzeci de pași de poarta lor. „Am auzit strigătele, mi-a spus soția lui, dar am crezut că era petrecerea în cinstea episcopului." Se pregăteau să-și ia micul dejun când îl văzură intrând pe Santiago Nasar, plin de sânge, ducându-și în mâini măruntaiele ca pe un ciorchine. Poncho Lanao mi-a spus: „Ceea ce n-am putut uita în veci a fost mirosul îngrozitor de rahat". Însă Argénida Lanao, fata cea mai mare, povesti că Santiago Nasar mergea mândru ca totdeauna, măsurându-și bine pașii, și chipul său sarazin cu cârlionții răsculați era mai frumos ca niciodată. Trecând prin dreptul mesei le zâmbi și continuă să meargă prin dormitoare până la ieșirea din spatele casei. „Am rămas încremeniți de groază", îmi spuse Argénida Lanao.

Mătușa mea, Wenefrida Márquez, curăța un hering în curtea casei sale, dincolo de fluviu, și-l văzu coborând scările cheiului vechi, căutându-și cu pas hotărât drumul către casă.

– Santiago, băiatule, îi strigă, ce-i cu tine?

Santiago Nasar o recunoscu.

– M-au omorât, mătușă Wene, spuse.

Se poticni de ultima treaptă, dar se îndreptă imediat. „A avut chiar grijă să-și scuture țărâna de pe măruntaie“, îmi spuse mătușa Wene. Apoi intră în casa lui pe poarta din spate, care era deschisă de la ora șase, și se prăbuși cu fața în jos în bucătărie.

HENRY DE MONTHERLANT
Celibatarii

JEAN-PAUL SARTRE
Zidul

MICHEL TOURNIER
Vineri sau limburile Pacificului

FRANCIS SCOTT FITZGERALD
Marele Gatsby

GABRIEL GARCÍA MÁRQUEZ
Toamna patriarhului

GABRIEL GARCÍA MÁRQUEZ
Funeraliile Mamei Mari

GABRIEL GARCÍA MÁRQUEZ
Incredibila și trista poveste a candidei Eréndira și a bunicii sale fără suflet

GABRIEL GARCÍA MÁRQUEZ
Despre dragoste și alți demoni

GABRIEL GARCÍA MÁRQUEZ
A trăi pentru a-ți povesti viața

GABRIEL GARCÍA MÁRQUEZ
Dragostea în vremea holerei

GABRIEL GARCÍA MÁRQUEZ
Povestea târfelor mele triste

GABRIEL GARCÍA MÁRQUEZ
Generalul în labirintul său

Tipărit la R.A. Monitorul Oficial